颱風意識流

王羅蜜多新聞詩集

【總序】
台灣詩學吹鼓吹詩人叢書出版緣起

蘇紹連

　　「台灣詩學季刊雜誌社」創辦於1992年12月6日，這是台灣詩壇上一個歷史性的日子，這個日子開啟了台灣詩學時代的來臨。《台灣詩學季刊》在前後任社長向明和李瑞騰的帶領下，經歷了兩位主編白靈、蕭蕭，至2002年改版為《台灣詩學學刊》，由鄭慧如主編，以學術論文為主，附刊詩作。2003年6月11日設立「吹鼓吹詩論壇」網站，從此，一個大型的詩論壇終於在台灣誕生了。2005年9月增加《台灣詩學・吹鼓吹詩論壇》刊物，由蘇紹連主編。《台灣詩學》以雙刊物形態創詩壇之舉，同時出版學術面的評論詩學，及以詩創作為主的刊物。

　　「吹鼓吹詩論壇」網站定位為新世代新勢力的網路詩社群，並以「詩腸鼓吹，吹響詩號，鼓動詩潮」十二字為論壇主旨，典出自於唐朝・馮贄《雲仙雜記・二、俗

耳針砭，詩腸鼓吹》：「戴顒春日攜雙柑斗酒，人問何之，曰：『往聽黃鸝聲，此俗耳針砭，詩腸鼓吹，汝知之乎？』」因黃鸝之聲悅耳動聽，可以發人清思，激發詩興，詩興的激發必須砭去俗思，代以雅興。論壇的名稱「吹鼓吹」三字響亮，而且論壇主旨旗幟鮮明，立即驚動了網路詩界。

「吹鼓吹詩論壇」網站在台灣網路執詩界牛耳是不爭的事實，詩的創作者或讀者們競相加入論壇為會員，除於論壇發表詩作、賞評回覆外，更有擔任版主者參與論壇版務的工作，一起推動論壇的輪子，繼續邁向更為寬廣的網路詩創作及交流場域。在這之中，有許多潛質優異的詩人逐漸浮現出來，他們的詩作散發耀眼的光芒，深受詩壇前輩們的矚目，諸如鯨向海、楊佳嫻、林德俊、陳思嫻、李長青、羅浩原、然靈、阿米、陳牧宏、羅毓嘉、林禹瑄……等人，都曾是「吹鼓吹詩論壇」的版主，他們現今已是能獨當一面的新世代頂尖詩人。

「吹鼓吹詩論壇」網站除了提供像是詩壇的「星光大道」或「超級偶像」發表平台，讓許多新人展現詩藝外，還把優秀詩作集結為「年度論壇詩選」於平面媒體刊登，以此留下珍貴的網路詩歷史資料。2009年起，更進一步訂立「台灣詩學吹鼓吹詩人叢書」方案，鼓勵在「吹鼓吹詩

論壇」創作優異的詩人，出版其個人詩集，期與「台灣詩學」的宗旨「挖深織廣，詩寫台灣經驗；剖情析采，論說現代詩學」站在同一高度，留下創作的成果。此一方案幸得「秀威資訊科技有限公司」應允，而得以實現。今後，「台灣詩學季刊雜誌社」將戮力於此項方案的進行，每半年甄選一至三位台灣最優秀的新世代詩人出版詩集，以細水長流的方式，三年、五年，甚至十年之後，這套「詩人叢書」累計無數本詩集，將是台灣詩壇在二十一世紀中一套堅強而整齊的詩人叢書，也將見證台灣詩史上這段期間新世代詩人的成長及詩風的建立。

　　若此，我們的詩壇必然能夠再創現代詩的盛唐時代！讓我們殷切期待吧。

2014年1月修訂

【推薦序】

上詩若水

—— 我讀王羅蜜多新聞詩集

蕭蕭

西方人以「地水火風」四大做為物質世界最初的簡單元素，最初的基礎面貌，東方的老子在眾多元素中特別選擇「水」做為「道」的形象用語。如《老子》第四章，形容「道」的形貌，他用了「沖而」、「淵兮」、「湛兮」三個「水」部首的字來肖形、且繪其聲影：

道，

沖而，用之或不盈。

淵兮，似萬物之宗。

湛兮，似或存。

吾不知其誰之子，象帝之先。

「而」、「兮」這樣的虛字，做為助詞用，等同於「沛然」、「浩然」的「然」，可以置換的是「焉」、「爾」、「乎」、「哉」等字，所以「沖而」、「淵兮」、「湛兮」這三個詞的後面，我都給她們加上逗點，唸讀的時候聲音可以拉長一點，這「沖然」、「淵然」、「湛然」之意，就是清泠泠冽、幽深澄寂，道就這樣飄飄然、淡淡然、靜靜的，瀰滿我們的四周。老子寫的時候押韻，我翻譯為白話也應該是有韻的文字：

　　道，多麼淡淡沖沖啊！不論如何應用，好像可以無盡無窮。
　　道，多麼幽微淵深啊！好像是生化萬物的老祖宗。
　　道，多麼深靜清澄啊！似乎存有，又似乎不存。
　　我不知道它從那裡產生，似乎在有象、有帝以前就有了跡痕。

老子這樣透過「水」理會「道」，我也這樣透過「水」理會「詩」。

詩，不是淡淡沖沖，幽微淵深的嗎？詩，不是不論如何應用，好像可以無盡無窮的嗎？詩興靈感，不是似乎

在，又似乎不在嗎？詩，不是在有語言文字之前就有了一些端倪嗎？

最近，預讀王羅蜜多新聞詩集《颱風意識流》，我覺得蘇紹連跟王羅蜜多所倡議的新聞詩，當然也可以透過「水」領會到詩的真義。

譬如集名《颱風意識流》，颱風是天體，意識是人體，意識而能流是健康的人體，颱風的橫掃直衝與意識的流動，皆非人力所能控制，但又不能說是人力之所未能及。王羅蜜多的新聞詩集寫作，不就是這種意義？蘇紹連說詩若取材於新聞，就不會有斷炊之虞，因為「材料是現實的」，「詩意是抽象的」（蘇紹連：〈詩的現實五重奏〉），現實的新聞材料，日日，時時，在發生，在改變，抽象的心靈詩意，隨時隨地與之互動，那就是現實社會的颱風與心靈意識的相互流動，造就了詩意。王羅蜜多則認為新聞詩寫的果實是豐盛而具有多種可能性，在他看來「新聞詩，是心靈基底面對繽紛世界的回應，亦是內在意識與外在事物的交合。」（王羅蜜多：〈新聞詩‧詩新聞〉）這「交合」二字所呼應的的就是集名的「流」。詩是「颱風」與「意識」之「流」。既然用到部首為水的字，我們就可以透過「水」領會到詩的真義。

《颱風意識流》五個字，可以是《颱風‧意識流》，

也可以是《颱風·意識·流》，這就是上善之水哩！水，可以進入糖或鹽之中，也可以讓糖或鹽進入自己的身體，但是又可以從糖或鹽之中抽離出來，仍然是完好獨立、不沾不染的自己。水，如是；詩，亦如是。王羅蜜多的新聞詩，強調新聞與詩的分合自由，有這種認識，詩能藉新聞而得其材，又可獨立於詩的歷史長河之中不受囿於新聞的時效性，保有詩的屬於水的上善之果及其恆久性。詩人也因而可以獨立於新聞之外，所以他可以或客觀、或主觀地因新聞題材而改變自己的介入程度。

批判，是所有文學工作者面對新聞題材最主要的態度，許多詩人喜歡說：詩人是永遠的反對者。這是站在政治層面去看待新聞題材，但新聞題材是多面性的，如果是社會的、城鄉的、文化的、溫情的，哪裡是詩人應該站立的反對面？即便是政治新聞，兩黨兩色的對峙中，詩人如何自詡自己的位置是正確的反對面（無關乎政治正確）？

王羅蜜多以自序三的〈新聞詩〉表明自己的角度和方向：

還原一則新聞
還原一堆詞
還原了一個氧化字

還原一張報紙

還原一灘水

還原了一棵掩面的樹

我們讓靈光過隙

喚醒新的一株

　　早期在臉書或網路上會看見「王羅蜜多」或「蜜多王羅」，無法辨識其義，也無法確定其序，王羅蜜多所「開示」的，或許是名字只是一種符號，不必深究內裡。新聞或許也可以如此對待，「狗咬人」不是新聞，「人咬狗」才是新聞，這裡無所謂政治正確、道德倫理、科學知識的選擇或判斷，有的只是傳播學的新聞眼、敏銳度。當眾多新聞出現，何者可以成詩，詩人的詩眼、詩人的敏銳度就成為取材的重要依據。我們看見《颱風意識流》中從颱風臉出發，聚焦於天災，卻也發展為情詩、性事。我們看見〈颱風意識流〉、〈死亡〉等詩，改用圖象詩的裝置藝術去安排字詞。我們看見更多的詩，如〈笑話〉、〈最夯的求婚術〉，是以新聞組合的方式寫成，不是單一事件的萌發。「新聞」而能成「詩」、成「好詩」，那就是詩人王羅蜜多功力的展現了！

　　超現實主義的「超」，在原來的詞彙中不一定有「超越」的意思，但在新聞詩裡，卻應該有「超越」的精神在。

　　王國維的「境界說」中，有有我之境，有無我之境；蘇紹連在〈詩的現實五重奏〉裡談到「無我現實書寫」、「有我現實書寫」，無我現實書寫是指書寫者不介入書寫的內容中，有我現實書寫則是民主開放式的書寫：「我」介入現實之中，將任何屬於「我」的情感、思想、想像當作素材，與現實揉合，或加入非現實的東西，一起用「我」的美學觀點去構成詩作品。後者是蘇紹連的理想，而王羅蜜多所實踐的，別人的批判是站在新聞之外或新聞之上，但王羅蜜多卻故意潛入新聞之中，仰泳俯泳，化身變身，自嚐其苦，自得其樂。這樣的新聞詩，因為有「我」的美學觀點去構成，所以就有「超越」的可能。至於「有我現實書寫」會達至有我之境，還是無我之境，那是另一個層次的問題，不是一線通到底的悠遊卡可以實現。

　　小時候我們常有疑惑，為什麼每天發生的事都剛好填滿八張報紙？處理過新聞詩以後，我們知道求真的過程裡，採訪的第一線記者固然重要，調整的第二線編輯才是塑型、固型的真正高手，而詩人又在編輯之後，他會在浮泛的眾生裡留下哪一顆翠玉白菜、哪一顆白玉苦瓜？王

羅蜜多的匠心如何獨運？颱風過後意識如何流動、如何塑型？在在都是有趣的詩學課題。

　　張愛玲在〈自己的文章〉中說：「凡人比英雄更能代表這時代的總量。」新聞詩的書寫正可以實現這樣的理念。她甚至於堅定地表示：「文學史上素樸地歌詠人生的安穩的作品很少，倒是強調人生的飛揚的作品多。但好的作品，還是在於它是以人生的安穩做底子來描寫人生的飛揚的。沒有這底子，飛揚只能是浮沫，許多強有力的作品只能予人以興奮，不能予人以啟示。」若是，王羅蜜多的新聞詩寫作更要發下宏願，它，不僅是個人「心靈基底面對繽紛世界的回應」，更可以是「以人生的安穩做底子來描寫人生的飛揚」，新聞詩給讀者的是沉潛、洗滌、昇華，王羅蜜多走在正確的路上，我們期待他更多飛揚之作，如水一般可以潛入黑泥深土，如雲一般可以飛翔在天、在山、在谷。

2014年寒露之後　寫於蠡澤湖畔

【推薦序】
寫實與虛構的交融
——我讀王羅蜜多新聞詩選集《颱風意識流》

羊子喬

　　詩人王羅蜜多繼2012年出版《問路　用一首詩》之後，如今又推出新聞詩選集《颱風意識流》，可見年已花甲之年的王羅蜜多創作力的旺盛，而且篇篇炫人耳目，引人遐思。

　　《颱風意識流》共分七輯，每輯以一首詩名為輯名，來聚焦整本詩集的張力。基本上，新聞詩取材於社會上發生的現象或事件，範圍從政治、經濟、社會、運動、影劇、生活、文化、教育、旅遊、科技、氣象……包羅萬象，無奇不有；新聞詩的寫作，往往受限事件的經緯，流於現象的描繪，無法另創詩人心靈世界，然而王羅蜜多卻能智抉適合再創作的題材，以完美的形式再現成詩。

　　書中輯一：〈颱風臉〉，作者聚焦於氣象新聞，包括：颱風、大雨、海嘯、火災，其中〈颱風臉〉一詩，從

蘇力颱風的颱風眼，發揮想像力，抒寫「在這種生死交加的氛圍裡，人們普遍具有一張颱風臉。／／地面的變種人便說，這世界多麼不公啊，甚至連不公都無法看到。於是他們紛紛點燃怒氣，像無頭山一樣焚燒自己的臉。／／依據過去的經驗，在一場廝殺之後，往往只會剩下低等生物和無言的河流。」把颱風的災害造成受災的人（地面的變種人）認為是不公不義，有人甚至遇害而無法看到；受災人爆發怒氣，像無頭山一樣焚燒自己的臉，彰顯出天地不仁，以萬物為芻狗。因此，颱風過後，僅存低等生物和無言的河流。另外，〈覆手〉描繪颱風的登陸「像幽微的心境／有犀牛衝刺，進入／妳的悸動，帶著滿天吶喊」與離境「醺醺的風暴已然穿越，我們／在千年相許的峽谷裡有夢／如此婉約溫柔，默默禱告／就讓妳的神為我的神／覆手」作者以男女的閨房性事來刻劃颱風的進出，描寫得淋漓盡致。

輯二：〈不正常之歌〉，詩人大多取材於新奇新聞，包括：失戀失業男子，不滿國三女友另結新歡，瘋狂砍殺其家中姊弟3人、秀姑巒溪河床上撿到「屌」狀漂流木、變形鈔、裸男騎單車、吃人肉、男性坐馬桶尿尿、戀屍癖、藝術家將自己的睪丸釘在石板上、人獸交、天價拍賣英國畫家培根的「佛洛依德肖象畫習作」三聯畫……等等，無

奇不有的新聞，作者發揮想像的翅膀，遨遊於壯闊海天，更能在心靈與生靈的相互觀照交合中，形成特別的「新聞觀照」，讓寫實與虛構水乳交融，產生詩意，引人遐思。其中〈不正常之歌〉一詩，以「來，腥空臊雲已彌漫你們／用足尖諦聽呀，全新的聖訓／愛，是為了不愛／喜歡，是為了殺害」來書寫矛盾錯愕；在〈稽首百科：黃冠無毛鷺〉乙詩，以黃冠無毛鷺來形容裸男騎單車，「黃冠無毛鷺，又稱假面人鵰。體型巨大，樣貌介於鳥類與猿猴之間，但毛髮退化僅剩頭頂及腹下等處，皮強韌能耐風寒及口舌襲擊。活動於都會地區，尤喜於吵雜煩囂時段，招搖過街。被視為神禽。」；於〈椎與肋〉書寫戀屍癖：「椎有飽滿的軀體／肋雖瘦削卻有力氣／我們一見如故／都忘記了性別／椎與肋／不停做愛／做愛不停／沒有海枯石爛／沒有死亡／沒有悔恨／沒有／哀／。」此輯最精彩的莫過〈坦蕩之書〉一詩，刻劃了台南市「脫褲榮」的一生：

　　脫掉隱喻，看見他的明喻

　　脫掉明喻，看見他的無喻

　　脫掉無喻，看見他就是他

　　棄除裝述，聽見他的直述

　　棄除直述，聽見他的不述

棄除不述，聽見他就是，

聽不見他的我們，最終給他

一個封面，一個盒子，一個

　　詩中以「隱喻／明喻」與「直述／不述」來交互述說「脫褲榮」的行為舉止，然後在他往生入殮時，變成「一個封面，一個盒子」，在詼諧中含有悲憫。

　　輯三：〈摘星記〉，此輯作品大多以「我」介入現實，從新聞事件發想，再結合自我世界的生活體驗，包括情感、思想、想像與現實揉合，傳達了個人的生命情調。在〈新聞報導：摘星記〉詩中，以一行新聞報導衍義了三行詩，例如：新聞「在星光大道，俊男美女競選星星」則以「毒舌拿出毒蘋果，一一試煉他們的誓言／挺得住，沒有掉落下海的就進入流行軌道／成為行星」來書寫；新聞「過年到了，很多人去安太歲，過七星橋」則以「我說何必那麼麻煩，書房裡掛有一幅爸爸畫的星星／我隨意抓下來就是一把北斗七星，還附帶一串／非常美味的神仙故事」來描繪，雖流於淺白，卻頗為傳神。於〈笑話〉一詩，作者巧妙地把三則新聞：台灣人「性」生活、台南西瓜藝術節、漢光28號演習融合一起，在第二節如此地刻劃：「她又講了一個笑話／我開花了，開成大西瓜／想吃

嗎，這裡有深邃的心事／還有疼痛的藝術／／可你仍然徹
夜顧著傷痕／囁囁的笑，我就說啊／那開悟的眼神只不過
是／一種華麗的不忍」。

　　輯四：〈阿兵歌〉，此輯在〈抓酒風〉詩中，作者以
酒測新聞為題材，述說古今文人酒後的下場：

　　　李白那個時候

　　　喝酒樹下有風

　　　月兒臉紅紅

　　　羲之書寫蘭亭的午後

　　　酒壺溯溪泅泳

　　　高唱快樂誦……

　　　他們那個時候

　　　飲酒暢神／文氣凌宵

　　　才子一揮手

　　　風起

　　　　　雲湧

　　　我們這個時候

　　　有酒有色還有跑車

紅塵萬里名士風流

出口成ㄨ變亂已久／至於

文人只能憂傷

用酒氣吹出

風化的人間

漂零的

詩

　　骸

0.15.　0.25.　0.55……

君不見酒中仙、詩中聖

哇了一口就成為階下囚？

到雲端去吧，雲端／騎虎遨遊的好地方

可以和李白羲之一起

射箭

　　抓酒風

　　此作品採取押韻，形成歌謠體，充滿詼諧、反諷，形成詩的趣味性。

　　輯五：〈海邊的大衛〉，在〈海邊的大衛〉一詩，

王羅蜜多結合兩則新聞：野柳女王頭不堪風化及2013年代表字「假」，來描寫：「這個春天某個午後／眾女神圍繞大衛低頭細語商量／讓『它』自然凋謝或者／加護保險套／／最後是維納斯做了決定／她別開有點潮紅的臉頰說／換成不鏽鋼吧」。詩中也是以反諷手法，來營造詩的趣味性；於〈最夯的求婚術〉詩中，作者以四則求婚新聞為素材，發揮想像力，寫出「求婚是一種魔術／突然從畫中赤裸走出／墨水淋漓單膝落地／擁著愛人再度進入美麗景緻／試穿結婚禮服／／求婚也可以不學無術／只要燃一支香空想／風來了，自然／在煙霧繚繞中／步入禮堂」的詩句，來述說台灣現代男女求婚的社會現象。

　　輯六：〈發明課〉，於〈傷停——紀念商禽〉一詩，如此書寫：

　　　　走在長頸路上，走向逃亡的天空。

　　　　你為了擁有全部的明天，選擇丟棄今天；你的鬱卒，是超越現實的最現實。

　　　　迷霧散去，傷也停了，你用思想的腳，叛逃，用歲月的影子，飛行。

　　　　你寫出的最後一首：沒有黎明的夢，裡面噙著我們的淚水。

　　作者在題目上就別具用心，詩句中引用商禽的詩作及詩集名稱，轉化成書寫內容，在詼諧中充滿悲慟的追思，可見詩人的巧思；同樣地，在〈鬥鬧熱〉一詩，作者以紀念賴和117歲生日新聞為題材，而以台語（日治時期的台灣話文，賴和等人所倡導）來書寫，內容充滿詼諧，不但以賴和的代表作〈一桿秤仔〉及〈鬥鬧熱〉來抒發賴和追求公平與正義的精神，同時也寫出當時台灣新文學發展的情境：「雲佇天頂唱歌，河佇頭前唸詩／霧來水也來，越頭，／咱的新文學佇遐，騎著洛克馬弄弄來」，讓人深思。

　　輯七：〈末世七日紀〉，此輯發揮了豐富的想像力，從馬雅末日說、破除末日說、末日沒有來的新聞，共創作了三首詩，來述說動物的驚恐以及破除的說詞，在〈退貨聲明〉可說是一首成功的傑作，以圖象詩的形式來設計，彰顯別有創意的想像力，最後以「總之，末日產品已裂為兩半／誓言昨是今非，即使看來若合符節／已過了賞味期。」為結論，可說完美的演出。另外，於〈天使的露齒笑〉詩中，根據新聞資料報導：天氣的變化造成榛睡鼠迎接春天的到來，將眼睛瞇成一條線，張大了嘴巴，露齒而笑，還發出叫聲，愉悅的心情全寫在臉上；而詩人把這個可愛的畫面，寫成一首逗趣的詩作，也令人感到意想不到的驚喜。此書的壓卷之作〈回家〉，把台南東山「吉貝

耍」部落，在鬼月的「檳孔鏘」習俗，由祭司手持法器率眾繞著村莊收「向魂」，提醒好兄弟們該回家了，這項與漢族不一樣的習俗，作者卻以個人的成長經驗來相互參照：「記得小時侯我偷偷溜出去看布袋戲／媽媽總是小門未關讓爸爸和我回家／腳步像鬼一樣輕微的／回家」，引人會心一笑。

　　綜觀王羅蜜多的新聞詩選集《颱風意識流》，可以發現詩人對於新聞素材的抉擇與運用之巧妙，詩中作者透過個人的生活經驗與之相揉合，呈現了心靈的流動與釋放；從社會現實出發，再與心靈對話，同時也具現個人的生命情調，這本詩集更超越了作者於2012年7月出版的《問路用一首詩》，呈現更豐富的現實觀照。

　　　　　　　　2014年1月21日於國立台灣文學館

【自序一】
新聞詩・詩新聞
──心靈基底對繽紛世界的回應

　　2010年元月，蘇紹連老師在他主持的台灣詩學「吹鼓吹詩論壇」創設了「新聞詩」版，提倡以媒體新聞為詩材的創作方式，而且只要符合版規的稿件，必登於紙版詩刊。一時參與詩友眾多，論壇也曾在十一期、十二期以20至30頁的版面大量登出這些〈新聞詩〉。

　　所謂新聞詩，依字面看，很清楚的就是以新聞內容為素材創作的詩。而新聞媒材在網路盛行的當代，已遍佈世界各角落，廣及社會各階層。新聞詩，是現實書寫的一種，但取材之廣泛已超越一般現實書寫。

　　當代的詩壇就像一個充滿各類花果的林園，傳統的，新奇的，實驗性的，多元而各異其趣。當代的新聞園地亦復如是，眾多新聞觸鬚幾乎無所不在，無時無刻探尋各角

落的新聞,這與以前受時間地域與政治因素限制的新聞報導已不可同日而語。

很多人可能會誤以為,新聞詩取材的重點在於對政治、社會事件的反映或批判,但光瀏覽一下奇摩新聞,會發現它包含了政治、社會、財經、地方、影劇、運動、生活、文教、健康、科技、旅遊、氣象、專欄、影音、新奇等十二大類,如此,我們可以理解新聞詩可產生的題材如何的浩瀚無邊無際,而我們想像的翅膀也可以在此海闊天空,八方遨遊。

書寫新聞詩,首先觸及的是作者對新聞素材的反應與選用。通常新聞最引人注目的是所謂重大事件,但這些事件是發生在國外或在週遭,可能會有相當不同的感受,因而觸發的書寫也將大為逕庭。譬如挪威殺人魔殘害77條人命卻能享受舒適的監禁環境,這對國人而言,所引起的震撼遠不如部隊虐死一名士兵;對此詩寫者反而會以比較冷靜與不同的角度切入。另外,就新聞詩寫作的選材偏好而言,以吹鼓吹論壇新聞詩版的稿件為例,受媒體日夜報導、評論、攻訐的熱門新聞,除了少數幾件風起雲湧的全國性事件外,一般並不會特別引發詩友諷喻的興趣,反而是一些偏僻角落挖掘出來的不平、感傷、溫馨、有趣的新聞最受青睞。

　　國內詩人書寫新聞詩並附新聞概要的，早在1986年，
媒體人羅任鈴寫的〈寶寶，這不是你的錯〉是個典型的例
子。這詩以國際新聞報導為素材，書寫了她對人類困境與
地球危機的憂慮。而在2011年，陳黎的詩集《我／城》輯
三〈新聞台〉，選用了關於冰島、阿富汗等新聞報導為素
材，抒發他的人道關懷。亦是附新聞摘要的新聞詩。這兩
者都是在詩中具有清楚的新聞脈絡可循的例子。

　　但在吹鼓吹的新聞詩版所提倡的「新聞詩」，則試圖
擴大新聞詩寫的可能性，其中很重要的觀點是，新聞詩可
以脫離新聞報導內容而獨立存在，創設者蘇紹連老師甚至
表示，能獨立存在的才是好的新聞詩。對於這種有如金蟬
脫殼的新聞詩，曾受到一些詩友的質疑，脫離新聞，還算
是新聞詩嗎？蘇老師在〈詩的現實五重奏中〉特別闡釋這
個問題，他認為，「一首詩的精彩，往往在於詩本身語言
的建構，不在於材料建構的內容。建構的方式是非常個人
的，是以個人的美學觀及心靈的深度為基礎，透過語言文
字的揉搓打造而完成。」「這是有我的現實書寫。」這種
經過個人心靈內化後再反芻為詩語言的結果，使一篇新聞
詩本與某新聞有關，但如不看新聞附註，可能想像不到是
由那篇新聞蛻變而來。

　　自2012年2月擔任論壇新聞詩版主以來，除了回應詩友各類型的新聞詩外，個人的創作理念是相當貼近蘇老師觀點的。依我的取材方向與書寫經驗，覺得新聞詩的寫作就像新聞素材進入了流動的意識中，與個人的心靈攪和一番後，再從基底迸射出來，成為嶄新的個體。這個體可以依附新聞存在，亦可以獨立自主，但兩種方式，會讓讀者有不同的感受。

　　在我前年出版的詩集《問路　用一首詩》中，即放進了一些新聞詩，但一律把新聞摘要去掉，呈現獨立的面貌；而在這詩集中，頗多詩作呈現了心靈的流動與釋放。兩年來，專注於大量的新聞詩寫作期間，亦曾經歷書寫路線的迷惑；當內在意識流動與外在新聞事件遭逢時，應如何去進行揉合生發詩情？但後來慢慢發現，豐富的網路新聞資源，取之不竭用之不盡，讓人不致於有靈感枯竭之虞，而各種類型的新聞媒材，可以單篇取用，亦可結合不同事件一併使用，還可加入影像參照，這些多元而能自由調配的素材，適可在個人不同時間的心境變化中，提供抒寫情懷的素材，更可能在心靈觀照與生靈觀照的交合間，形成一種特別的「新聞觀照」。這是網路盛行的時代所產生的便利，而這對我此種以網路發表為主的詩人來說，就像如魚得水。

　　新聞詩，是心靈基底面對繽紛世界的回應，亦是內在意識與外在事物的交合，新聞詩寫的果實是豐盛而具有多種可能性。謝謝紹連老師鼓勵我出版這本專集，也盼有更多同好加入新聞詩創作的行列。

2013年12月6日

【自序二】
吃新聞的方法

　　上帝創造萬物，令能自移的吃不能舉的，算是真理。但獨獨讓人可以吃新聞，大大失策。蓋這新鮮物，總是下民先嚐，腐敗了才會上達天聽。

　　或者動物也想吃新聞，只是食之乏味便放棄了，人，可會嚼、咬、嘶、啃、吞，還會流涎沫，隨風傳播氣味。

　　人中之詩者最是鬼才，發明了吃新聞的多種方法，不止脣齒運動方式，而在於用心吃。

　　早上的新聞餐，最是有味了。油墨加上養眼的圖片。文字可是滾燙的璣珠，先吹口氣再賞吧。

　　看這阿伯選條不景氣的熱狗，幹一聲就吞下去了。狗衝撞五臟六腑，差點把心肺摳出來。還好，阿伯用力順了胸口，那氣就化成陣陣胃酸，縈繞頭頂，久久不去。

還有年輕人，不知通宵玩什麼鳥，一大早來吃夜點。他挑了美眉全露八明治，大口品嚐，不時伸出舌頭。重點重點，這些重點可在做愛時都得釋出去，待舖上臉書標售。

至於女士，她優雅的坐在邊邊，臉有些潮紅，準是剛送寶貝上學。瞪眼直直射向一盤魚，天啊，都是被貓性侵過的。妖獸的世界！她掉著眼淚吃。肚子裡的二寶又踢踢。怪物來了，俺娘喂，快放我出去。

最後這位顯然是詩人，適巧流浪到此。什麼都想吃，卻攤開一桌滿漢，就掛平了。他夢著吃，暈變成素、鳥化為花、兇劍是利毫啊。他吃了一大片夢，有墨西哥辣味和台灣海鮮。去他的新聞！

早餐人都走了，我抱著碗盤，沖洗一下。心想，吃新聞的方法可真多，明兒，不知會有什麼特別的客人。

2012年12月25日

【自序三】
新聞詩

還原一則新聞
還原一堆詞
還原了一個氧化字

還原一張報紙
還原一灘水
還原了一棵掩面的樹

我們讓靈光過隙
喚醒新的一株

/目次/

輯一 颱風臉

輯二　不正常之歌

輯三　摘星記

輯一

颱風臉

颱風臉

新聞報導：隨著現代天候險化，空氣漸漸污濁而易燃，生活在地球的變種人，最大的特徵是颱風臉。

因為機械性生物大量複製，電子腦有領導世界的趨勢，氣息也詭譎莫測。在這種生死交加的氛圍裡，人們普遍具有一張颱風臉。

今天上午，東北方微笑的天空，突然出現了無臉男，慢慢變成獨眼女，接著是被太陽啄傷的后羿，而現在，是無頭戰士刑天，揮舞著易怒的情緒。

地面的變種人便說，這世界多麼不公啊，甚至連不公都無法看到。於是他們紛紛點燃怒氣，像無頭山一樣焚燒自己的臉。

依據過去的經驗，在一場廝殺之後，往往只會剩下低等生物和無言的河流。

新聞

今年第七號颱風蘇力，周三上午10點增強為強烈颱風，威力驚人，直直往台灣方向逼近，從衛星雲圖蘇力能清楚看見，蘇力結構相當扎實，已經形成清晰的颱風眼。（見2013/07/10民視新聞）

方舟

頂樓是畫室和書房。

我正在電腦上寫字，書桌，書房，畫室，樓梯，客廳，花園，別墅，社區，小鎮，農村，都市等等，都是兩個字，只有我是一個字，在電腦前。

有人一直在屋頂灌水，像是用臉盆倒下來的，嘩啦嘩啦，鏗鏗鏹鏹，水中帶有孔武的金屬聲。我想這些小事可不予理會，但字總要繼續，國家，我終於寫到了國家。

突然，窗口有人呼喚。我問怎麼來的，他說，方舟。

啊，又是兩個字，再寫下去吧，反正明天停班停課，何必急著走。

新聞

受到康芮颱風環流影響，南台灣降下大雨，其中台南地區29日凌晨3小時降下200毫米雨量，溪流暴漲，多處路段淹水。據悉，急降雨造成淹水，台南市新化區新埔街及五甲教養院一度水深及膝，知義里新和庄因虎頭溪暴漲，淹水近1層樓高，消防局已出動救生艇救援。（見2013/8/29東森新聞雲）

颱風意識流

雨雨雨雨雨雨雨雨雨雨雨雨雨雨雨雨雨雨

雨下在雲上，雲掉落地面
森林逃走山丘紛紛裂解
每一片泥土都成為孤島
每一孤島上面，都有
一隻鳥

每一隻鳥都望著天空
尿尿，以及
不知所云

水水水水水水水水水水水水水水水水水水水水

新聞

蘇拉颱風強風暴雨重創秀林鄉，嚴重的土石流災情掩沒聯外道路，讓當地和平、和中及和仁部落全都變成孤島，雖然500多人全部平安安置，但對外交通還是只能仰賴直升機，運送所有相關物資。（見2012/8/3，http://news.tvbs.com.tw/entry/26524）

死亡

海海海海海海海海海海海海海海海海海海海海海海海海海海
啊啊啊啊啊啊啊啊啊啊啊啊啊啊啊啊啊啊啊啊啊啊啊啊啊啊
呼呼呼呼呼呼呼呼呼呼呼呼呼呼呼呼呼呼呼呼呼呼
嘯嘯嘯嘯嘯嘯嘯嘯嘯嘯嘯嘯嘯嘯嘯嘯嘯嘯嘯嘯嘯
著著著著著著著著著著著著著著著著著著著著著

死死死死死死死死死死死死死死死死死死死死
亡亡亡亡亡亡亡亡亡亡亡亡亡亡亡亡亡亡亡亡

人
茫茫茫茫茫茫茫茫茫茫茫茫茫茫茫茫茫茫茫茫茫茫茫茫
茫茫茫茫茫茫茫茫茫茫茫茫茫茫茫茫茫茫茫茫茫茫茫

不不　　不不不不不不不不不　　不不不不　不不不不不不　　　不
知　知知知知知知　知知知知　　　知知知知知知　知知知知
所所所所所　所所　所所　所所所所所　所所所所所所　　所所
終　終終　終終終終終　終終終終終　　終終終　終終終終終

新聞

上周五日本東北大地震引發驚人海嘯，災情持續擴大。政府昨宣布殘酷事實，僅僅宮城縣當地的死亡人數，就上看1萬。消息發布前，搜救人員於該縣東松島市又發現約200具屍體。另外，北邊的岩手縣昨有更多遺體被尋獲，而該縣大槌町還有1萬多居民失蹤。死裡逃生的陸前高田居民今野廣人憶述，「海嘯好像有生命，緊追不捨，離我們只有20公尺。我和鄰居拚命逃，若不是開車，根本逃不了。」住家地勢較高的阿部庄太郎也領教海嘯威力，他說：「怎麼也想不到海嘯能過河，一直沖到我家門前，就在地震後半小時的瞬間（淹沒整個村子）。」（見2011/03/14蘋果日報）

火大火

（眾人蜂擁進入封閉的內室，與神同歡。）

夜夜夜夜夜夜夜夜夜夜夜夜夜
色人色人色人色人色人色人色
熱火熱火熱火熱火熱火熱火熱
火大火大火大火大火大火大火
大火大火神四處流竄火大火大
火大火大火大火大火大火大火
大吼大吼人逃不出去吼大吼大
火大吼大火大火大火大吼大火
大吼大吼大吼大吼大吼大吼大
火大火死人大火死人大火死火
死死死死死死死死死死死死死
神人神人神人神人神人神人神
門門門門門門門門門門門門門

（門外，奧林匹克的眾神說：我們不會有問題。）

新聞

（法新社巴西聖馬利亞28日電）巴西警方今天逮捕Kiss夜店大火4名嫌疑人。這場大火
造成231人喪生，數十人命危，並迫使多名官員出面保證巴西有能力舉辦奧林匹克運動
會與世界盃足球賽。Kiss夜店的2名負責人，還有2名表演煙火秀的樂團成員被捕。這
起大火昨天發生在巴西南部的聖馬利亞大學城，一般認為起火原因就是煙火秀。（見
2013/1/29法新社報導，http://tw.news.yahoo.com/巴西夜店大火-4嫌疑人被捕）

颱風新聞標題佳作

（新！）地表最強風暴　請緊閉視窗以免靈魂飛走。

（更新！）蘇力丟出伸卡球　下面是最危險的落點。

（又新！）犀牛與象延期開戰　害怕死角被振出局。

（最新！）河神乘船來港避風　需要焚香迎接嗎？

（新奇！）孫悟空拆摩天輪　讓我們地上好好玩。

（新思維！）保護網室或木瓜　就看呆瓜或有事業線的。

（新希望！）穿蛙人裝播報新聞　想著普利茲驚險攝影鏡頭。

（今夜最新！）史上最好玩線上遊戲　終於安撫了蘇力的情緒。

註：以上佳作，均頒給防颱貢獻獎。

新聞

來自2013/7/12-7/13，奇摩氣象〈最新新聞〉標題 http://tw.news.yahoo.com/weather-forecast/

覆手

這個風醉的夜晚

我們半醒著，側身

朝向彼此的靈魂

交換依然溫熱的夢

遠方有悲愴的覆雲手

正使用怪異的嘯音召喚

一片渾沌的底蘊

行禮如儀步如華爾滋

她們擺動裙尾的蕾絲

慢而速，小而巨

瞬間四處奔馳

我反覆著手

交出最後一吋祕密

這是不可能的夢想

像精靈在指間跳躍

群毛飛揚，咒語滿房

像幽微的心境
有犀牛衝刺，進入
妳的悸動，帶著滿天吶喊
淹沒了我的掌印
這暈眩的山河

妳訴說所謂紅塵
那些重疊交纏的夢
神總是刻意迴避，任妳
傾覆整個星宿的淚水
任我成為汪洋中的閃電
任我們在半夢半醒之間
縱聲囈語，荊棘一身
成就血樣的覆手

這個微曦的早晨
異樣的雲彩漸行漸遠
醺醺的風暴已然穿越，我們
在千年相許的峽谷裡有夢

如此婉約溫柔，默默禱告

就讓妳的神為我的神

覆手

新聞

「醉颱」蘇拉「酒醒」了，昨天它兩度短暫登陸台灣陸地，下午兩點半減弱為輕度颱風，漸漸加速向馬祖、中國大陸奔去，中央氣象局預測最快今天下午解除所有颱風警報。（見2012/8/3中央日報）

輯二

不正常之歌

不正常之歌

來，這河往天上去
雲向地下遊，你們
用雙手抓地吧，倒著行走
樹，就飄浮在腳邊

來，這雨從地灑向天空
斗篷緊緊箍住腳底，你們
在游移不定的時代裡
必須陸上行舟，記得
船底朝上

來，深夜有大野宅
是新世界的必然，即便醜陋
總會溫柔呼喚你，羔羊
回家吧，與整排利牙舞蹈
用腹語一同關愛獻身的
宅，女們

來，腥空臊雲已彌漫你們
用足尖諦聽呀，全新的聖訓

愛，是為了不愛
喜歡，是為了殺害
附魔的人，鬼才

不可懷疑純真為何是這樣
莫名所以，你們只需祈禱
無所不在的神啊，請噤聲
任由罪惡悄悄到，來

來呀，不正常日來了
劇毒鎏著寶杖擊打
土地漸次離去
地獄來的使者們，快快倒懸
高唱
　　不正常之歌

新聞

失戀又失業的29歲男子，不滿國三女友另結新歡，瘋狂砍殺其家中姊弟3人，他攜帶工作手套、童軍繩進入中市某區女友住處，以童軍繩勒昏女友就讀小五小弟，再持菜刀砍死，與女友國一大弟激烈格鬥，將他砍成重傷後，挾持該女到頂樓欲跳樓同歸於盡，幸被警方制止。身高188公分、體重上百公斤的嫌犯就醫時揚言拿手術刀自戕，戒護押返過程中還冷血地向警方說，「若再遇到她和家人，會再動手！」（見2012/3/9自由時報）

不正常說法

聽風說，乾了
我們就開始收拾想像
一條甘薯，一塊化石，一只腳趾
一尊神像，一件供品，一隻臼杵
一絲罣念，一點情意，些許滿足

聽浪說，罷了
我們就把所有純真滯留彼岸
而讓登臨的傳說歸依於孤獨

最終，我們只得堆砌無限想像
並緊握著心中那一塊，不正常
說法

新聞

秀姑巒溪河床上撿到「屌」！花蓮光復鄉經營石頭屋民宿的朱姓老闆，輾轉從朋友處獲贈一塊撿自秀姑巒溪的奇特漂流木，外型活像個巨型的大老二，每次有朋來訪，不管男生女生一看總會害羞不已。朱進豐說，還有年輕男生看到就直呼「偶像」，非常好玩。他說，有人說長得像「大鵰」，但也有人說像是「砲台」，上頭的凹洞又像蛇的眼睛，造型全憑觀眾想像，他自己把木頭珍藏在房間裡，只有好友來才有緣得見。（見2012/3/4自由時報）

不正常價值

常常／一片影子褪去春天／顯現
不正常枯黃
常常／一個圓字墜落深淵／留下
不正常問候
常常／這個世界／充滿不正常訊息／譬如
有些季節會走失／末日將提早到來／譬如
我們都曾趺坐結痂的心房／向變體的孤獨頌揚
不正常價值

譬如／神還不知道
在沒有春天的彼岸／我們將橫空出世
宣告這聖言／不正常的，正常價值

新聞

一名賴姓台商回台投票時，到土地銀行嘉義市嘉興分行提領十萬元，櫃檯人員將一疊千元鈔放進驗鈔機點算，證實每張都是真鈔後交給他，事後，賴某回到中國，發現其中一張鈔票正面右側的防偽線「條狀光影變化箔膜」嚴重脫落，加上「圓」字漏印，經郵幣商鑑定屬「變體鈔」，對岸有人開價一萬元收購，但他惜售珍藏。（見2012/3/1自由時報）

稽首百科：黃冠無毛鷺

稽首百科，神迷的百科全書。

黃冠無毛鷺，又稱假面人鵰。體型巨大，樣貌介於鳥類與猿猴之間，但毛髮退化僅剩頭頂及腹下等處，皮強韌能耐風寒及口舌襲擊。活動於都會地區，尤喜於吵雜煩囂時段，招搖過街。被視為神禽。

分佈區域，遍及世界各地。非洲多原生種，歐美地區經雜混後冠色及眼珠逐漸變異為多元。在亞洲，零星神遊於經濟繁榮街市。

覓食，比一般神祇環保，主食眼光。本透過某些靈力間接獵食，近代進化為直接進入眼光聚集區。進食方式標準的神化，無質量，低能源。

生態影響，雖屬低能源生物，但未能生產超自然力量，且繁殖過快，必須限制其活動區域，以免其他物種的原

生觀察力耗損過度，面臨失明危機。

【編輯】請先焚燒眼光一刻，三稽首，求取神示。

新聞

據新華網報導，據目擊者彭先生介紹，5月27日8時30分左右，他開車經過湖北武漢雄楚大街省林業廳門口時，突然發現右前方一個40多歲戴著草帽的中年男子，一絲不掛騎著一輛舊單車，陽光照在他背上，泛著白光。該男子騎行方向正好和彭先生相同。駛過男子身邊時，彭先生看到，該男子神態並無異常，腳上還穿著鞋子，車頭掛著一個手提包，座板下夾著一堆布，似乎是衣服。（見2013/5/29 NOWnews.com）

精靈的話語

整整一年
他畫自己
裸身
鏡旁五個精靈相伴
還有株六條氣根的小栽
其中一條特別肥碩的
總是進入畫中

一年整整
他觀想物我關係
發現這根器看似偉大
其實佔用了太多空氣和水露
而且與開花無關
就毅然把它切斷作成佳餚分饗
長年相伴的五個精靈

又過一年
小栽長高了

氣根中還是有特別長的
甚至比先前被除掉的那條更肥大
花呢，變小了，看似元氣不足
於是他宣誓棄絕繪畫，為了
藝術與那一根的關係
曖昧不明

啊啊
自然本無性
庸神自擾之
很久很久以後
森林裡的精靈
都還流行著
這話語

新聞

　　根據日前日本媒體報導，有一名自稱「無性人」的男性藝術家，在日本東京都杉並區的酒吧舉辦了名為「吃人肉」的活動，男子將之前已經切下的睪丸陰莖，在廚師的協助下進行料理，提供給報名而來享用的三男二女食用。

　　事發當天，約有70名顧客聚集在這一家餐廳，最後只有5位購買者就餐，在廚師協助下，這一些被稱為「自己身體的一部分」的食材在蘑菇和西芹的裝點下上桌，食客是三男二女。結果男性難以下嚥，反而女性顧客勇敢吃下。杉並區政府稱，此舉可能違反了《食品衛生法》，已展開調查。（見2012/6/3華人健康網、2012/5/18蘋果日報）

當他按下鳥鳥時

當他按下鳥鳥時突然
發現牠已經變成方形有條碼
只要對準洞口刷過就可以傾洩
能夠拆卸下來置放上衣口袋
無聊時可以掏出擦拭保養。接著他
發現身軀也化為方形鼻子方形
嘴巴方形眼睛方形──。週遭
到處都是玻璃電動門映照著
方形的人方形的動物方形的
樹木方形的雲朵──。妳看如此
這個世界就是長乘寬這麼簡單
可以迅速把人輸入公式這個人生
一切是如此平行移動，井然有序。
可是，當他正滿意地說出這規矩
的世間真是神恩廣被時。淚水，
卻悄悄從方形的囚衣滲漏出來因為

此人已經忘記滾動抖動釋放的樂趣
甚且失去上帝所賜予的
鳥鳥的彈性

新聞

環保署長沈世宏公開倡導，男性上小號時也請坐下來，有利維持清潔。有婦女坦言，兒子站著尿常弄髒馬桶，清掃起來很煩人，但她壓根沒想到要孩子「坐下來」，沈署長的言論讓她很傻眼；也有婦女認為，坐不坐馬桶不是重點，每個人如廁後都該恢復便器整潔，才是政府該推動的國民生活教育。（見2012/8/29奇摩新聞）

椎與肋

他

們

殺雞

只取一支肋

我剛好經過那裡

意外變身

成為那支肋

有人吃雞

只愛微微隆起的

帶有金黃色憂愁的

尾椎

在偶然的相遇裡

肋與椎擺弄風情

我們互相凝視

椎有飽滿的軀體

肋雖瘦削卻有力氣

我們一見如故

都忘記了性別

椎與肋

不停做愛

做愛不停

沒有海枯石爛

沒有死亡

沒有悔恨

沒有

哀

。

新聞

　　瑞典警方表示，1名遭指控有戀屍癖的婦女疑似在家中藏有人骨，與它們親熱交歡，若遭定罪，最高可能面臨兩年有期徒刑。

　　這名37歲婦女遭指控有戀屍癖，瑞典西南部哥特堡（Gothenburg）地方法院今天依「打擾死者安寧」罪名正式將她起訴。（見2012/11/21聯合新聞網）

睪丸釘在地板上

有的睪丸藏身保險櫃

有的睪丸隨鳥四處溜

有的睪丸仰臥在砧板，還有的

睪丸已經上了餐桌

他們偶而相逢都會打招乎

「今天有搞完嗎？」

「真是幸福啊！」

其實他們都知道

這一輩子沒有真正的自由

他們可能一覺醒來發現

自己連著緊身衣被釘在

溫柔的地板上

動彈不得。

新聞

俄羅斯一行為藝術家帕蘭斯基（Pyotr Pavlensky）又有驚人之舉，日前在紅場將自己的睪丸釘在石板地上，全裸抗議政府獨裁，引發不少過往行人關注。警方隨後趕到並用毛毯覆蓋他後，將他送往醫院治療。（見2013/11/11蘋果日報）

梯形的由來

相交／是基於幾何學的需要
但是三角形叉開雙腿
總是劈不到自己
他向方形挺進
她嚇得四腳發抖
一直轉　圈圈

被刺／終是無可避免的命運
因為他的角實在太銳利
她的下面收縮
成為倒梯形

新聞

德國政府最近發現，不少人在網路上尋求和動物性交的機會，甚至還出現「情色動物園」（Eroitc Zoo），專門提供各種動物，讓愛好人獸交癖好的顧客上門享受。為了遏止這樣的歪風，德國政府即將恢復一條古老的法律，「禁止人與非人類的動物發生性關係」。

目前得知該所「情色動物園」，被「指名」最多的是山羊、以及俗稱「草泥馬」的羊駝；其他常見的家禽或家畜類，包括豬、牛、馬、雞、鴨、鵝等，也都有愛好者；另外一些較特殊的動物也常遭指定，包括無尾熊、鴕鳥等。（見2012/11/28 NOWnews.com）

他買下了自己

來到二十一世紀的拍賣場　這裡
他們拍賣喜怒哀樂以及焦慮

我赫然察覺自己也正拍賣著自己
委頓在侷促不安的大師椅上
週遭衣冠楚楚手機濟濟　舉牌舉牌　吶喊
每舉牌多樣錯置表情　每吶喊再度變亂姿勢

他們開始懷疑我是誰　竟擁有二郎神的腿
還痛苦地扭曲這個莫名的世界　他們的
焦慮紛紛落入深淵　繼而嘶吼著躍出水面

八千　九千　一億　直到一億四千兩百
那個最焦慮不安的人突然打開第三隻眼第二張嘴買下了自己
他暗暗對我說　這才是二十一世紀

不用懷疑

新聞

英國畫家培根的「佛洛依德肖象畫習作」三聯畫，十二日在紐約佳士得拍賣會以逾一點四二億美元（約台幣四十二億元）的天價賣出，打破挪威畫家孟克名作「吶喊」去年在紐約創下的一億一千九百九十萬美元（約台幣三十五億五千萬）舊紀錄。（見2013/11/13聯合新聞網）

無

這個時代缺乏精神食糧餓死了許多人

統治者決定加強生產並且強迫餵食

祂命每個畫家持續在地面上塗抹

直到不小心完成了一幅山水畫

祂令每個詩人不停敲擊鍵盤

以至於不小心寫出一首詩

最後，這些人都撐死了

天使們認真堆積石塊

不小心就變成墳墓

念他們功績卓著

最是節約能源

我們獻花並

瀏覽碑面

不小心

看見

無

新聞

　　據瑞士《每日新聞報》報導，2010年瑞士一名50多歲的婦女，看了一部《宇宙之初就有光》的奧地利紀錄片，描述一位83歲印度瑜伽辟穀大師賈尼（Prahlad Jani），70年來不吃不喝，相信能量來自太陽，而非進食，因此只需要吸收陽光就能維持生命。

　　瑞士女子看完後，決定按照「瑜伽辟穀法」靠精神糧食來生活，每天曬太陽、呼吸空氣，在「辟穀」第一個星期完全絕食，甚至連口水也吐出來。

　　但瑞士25日向媒體証實，該名女子已於2011年1月在家暴斃身亡，經解剖後確定是餓死。（見2012/4/27奇摩新聞）

浪醉

悲傷的分手日
徹夜裸泳
無情海湧進耳朵
浪花哽咽喉頭
用眼光呼吸，以鼻息觀望
漠冥暗藍深淵裡
曼妙聲音進入張開的口舌
純淨的豎耳嘩然唱出讚美歌

如此浪醉三天三夜
終於變亂了有情世界／聽與說

新聞

近年來人們發明了不少奇怪的喝酒方式，可是你聽過用「耳朵」喝啤酒嗎？最近YouTube發布一名捷克女子用耳朵「喝」下約568毫升啤酒的驚人短片，引起熱議。

專家表示，理論上說，耳朵中的咽鼓管雖然與喉嚨相連，所以用「耳朵喝啤酒」，不是不可能，但是，咽鼓管太細了，不可能一下子用耳朵喝完這麼一大杯的啤酒。

專家強調，「民眾在家中切勿嘗試短片中捷克女子用耳朵喝啤酒的行為，否則容易引起耳部感染，以及鼓膜磨損，導致聽力喪失」。（見2013/5/13 YouTube）

相欠債（台語詩）

神明乎你一封批，講你前世

相欠債，卡會千做未好勢

神明送你一句話，趕緊拜拜

拜乎頭殼犁犁，徛乎像金雞

介重要，冥日用「仙」來獻祭

保你，猴子猴孫濟濟濟

卡緊看，看到的攏是你的

新聞

　　英國（每日郵報）報導，印度男子（辛格）為求得一子，37年不洗澡，報導說他是「世界上最臭的男子」。他堅信這樣做可以幫他實現心願，而家人對他執迷不悟感到無助和絕望。

　　現年65歲的辛格，家住印度教聖城（瓦拉納西）郊區。他平日不沐浴，不刷牙也不刮鬍子，而以所謂「火浴」代替。他每天晚上單腳站立在火堆旁，向濕婆神祈禱。在他看來，「這就像用水洗澡一樣，火可以殺菌和消毒」。（見2011/6/27中廣新聞網）

謬我

謬謬者我，性多悖逆。唐唐政客，生／就是了。
終日囂囂，言未及義。好施小惠，選／就對了。
父不復父，子不復子。哀哀宗祠，拜／就發了。
瓶已罄矣，去她奶奶。備有薄茶，喝／就飽了。
謬我／戮我／繆我／鸇我／人倫之死將至矣！

新聞

彰化市一對不負責任的年輕夫妻，在前年生下一名男嬰後，竟然將他帶到網咖留連長達4天之久，而且這期間讓一個多月大的小男嬰只喝紅茶，店家看不下去報警處理，但事後這對夫妻人間蒸發，法院於是將男嬰的監護權判給彰化縣政府，交由社會局接手處理。（見2011/9/28民視新聞）

坦蕩之書

脫掉隱喻，看見他的明喻

脫掉明喻，看見他的無喻

脫掉無喻，看見他就是他

棄除裝述，聽見他的直述

棄除直述，聽見他的不述

棄除不述，聽見他就是，

聽不見他的我們，最終給他

一個封面，一個盒子，一個

……

新聞

全台灣最「坦蕩蕩」的台南市安定區「脫褲榮」李木榮，一年到頭全身光溜溜，本月八日疑因中風摔倒，延至十二日深夜不治，得年六十歲。「脫褲榮」六歲開始終年一絲不掛，往生入殮壽衣竟成他五十四年來第一次穿的衣服，脫褲榮的遺產估算約五、六千萬元，並非一文不名。（見2011/6/14中時電子報）

封面

關於一本書的封面
如何讓人看了一眼
就愛上她？
一千零一名設計師
創造一千零一個驚奇
最令人難忘的封面
是沒有封面

關於一本沒封面的書
如何讓人直接進入
就不想出來？
一千零一個法師
經過一千零一夜修行
頓悟與書做愛不該想入非非

這是無上甚深微妙法
一本愛了一千零一次的書

合該沒有封面／而記念的你就像
無臉男

新聞

　　整形整過了頭且欲罷不能，可能是醜陋恐懼症！一名46歲女性從40歲起，平均一兩周做一次微整形，一兩個月就動一次刀，短短五、六年花數百萬元，連兒子都快認不出她。剛開始她是為了想綁住先生的心，後來卻成癮。

　　春季醫美學術研討會暨會員大會今天在三軍總醫院舉行，耕莘醫院精神科暨心理衛生中心主任楊聰財發表「醫學美容消費者心理分析」。他指出，門診中常可見醜陋恐懼症個案，由於本身沒有病識感，幾乎都是在家人要求下才就醫。（見2013/3/31聯合新聞網）

輯三

摘星記

新聞報導：摘星記

一

新聞，有人用太空船獵補星星
我說何必那麼麻煩，小時候
爸爸一伸手就抓下許多星星
她們至今還睡書房抽屜裡呢

二

新聞，考試到了很多人拜文魁星
兒子說老爸我們也去拜一拜
結果我上研究所，兒子重考大學
他說明年自已拜，免得文魁爺分心

三

新聞，選舉到了，政治明星搭配智多星
老百姓紛紛被雙星光芒蜇傷瞳孔
只得用眼白觀看那些下凡的星星，貼地
奔跑成為跑龍套和白手套

四

新聞，在星光大道，俊男美女競選星星
毒舌拿出毒蘋果，一一試煉他們的誓言
挺得住，沒有掉落下海的就進入流行軌道
成為行星

五

新聞，西線無戰事，他們在國防部舉辦群星會
每個人都會畫星空圖，而且熟習星相學
每個人腰間配帶七星寶劍，劍把上鏤刻著
兩岸和平，解救同胞

六

新聞，外星小童迷路，回不去他的星星
浸淫臉書的阿宅們就快速集結起來全力搜尋
並透過網路傳輸小小羊兒要回家，究竟
地球人最有愛心

七

新聞，過年到了，很多人去安太歲，過七星橋
我說何必那麼麻煩，書房裡掛有一幅爸爸畫的星星
我隨意抓下來就是一把北斗七星，還附帶一串
非常美味的神仙故事

新聞

　（中央社華盛頓5日綜合外電報導）美國重量級聯邦參議員納爾遜（Bill Nelson）
今天透露，美國國家航空暨太空總署（NASA）計劃派遣1艘自動太空船去捕捉1顆小行
星，接著停泊在月球附近，讓太空人研究。
　　美聯社報導，納爾遜說，把1顆小行星帶到地球近處，將讓太空人登陸小行星的任務
提前4年實現。（見2013/4/6中央通訊社）

笑話

一

她講了一則笑話就再也停不下來
魚尾巴兀自抖動菱角上揚到天際
他聽了一個故事就再也笑不出來
頭抬不起腰挺不起下面說對不起
我們考察這個霸凌事件的結論是
她愈來愈神而他愈來愈禪了

二

她又講了一個笑話
我開花了，開成大西瓜
想吃嗎，這裡有深邃的心事
還有疼痛的藝術

可你仍然徹夜顧著傷痕
囁囁的笑，我就說啊
那開悟的眼神只不過是
一種華麗的不忍

三

她今天說的笑話

關於五旬節
男人們都吐舌頭
發出打仗的聲音
你卻一直眼觀鼻鼻觀膝
用念力投射木魚飛蛋

我說煙幕完了
請快快出來
喝一杯響徹雲霄的
尾巴酒

新聞一

台灣人「性」福嗎？學者簡上淇參加座談指稱，逾五成高雄已婚女性過著無性婚姻，馬英九總統的十二項愛台建設，應增第十三項「性福」建設，不要只拚經濟拚到最後性無能。婦產科醫師陳菁徵指出，台灣女性陰道整形比例高於歐美日，是台灣女人的迷思。（見2012/4/8中時電子報）

新聞二

台南市安定區舉辦「西瓜藝術節」，請來果雕專家陳鴻奇，以「花卉之美」為主題，展現精湛刀工，將香甜多汁的西瓜變成藝術品，不僅好吃又好看，為的就是吸引更多人到安定，嚐嚐正值盛產季的香甜西瓜。（見2012/4/20 Yahoo！奇摩新聞中心報導）

新聞三

漢光28號台南作戰分區演習，今天清晨在喜樹海灘登場，軍方動員700多人，但因「實兵不實彈」，參觀民眾抱怨欠缺真實感，好似在辦家家酒。

台南演習開放參觀，吸引民眾到喜樹海灘堤防步道觀看，還有父親在天色微亮時就帶著小孩到演習區域，體驗一下實際作戰的感覺。

不過，這場演習「實兵不實彈」，以煙霧及喇叭播放出來的槍砲聲，替代槍林彈雨的戰場，真實感不足，參觀民眾說，唯一的收穫，是看到戰車行駛。（見2012/4/19中國時報）

杏仁豆腐冰

小時侯聽到枝仔冰

鈴鈴鈴——就鈴出口水了

一支五毛錢

可是很硬很耐舔

後來慢慢有了冰淇淋

想當年抽中金馬獎

夜半上平底船

心裡唱著哥哥爸爸真偉大

母親給我的巧克力冰淇淋竟通通吐出來

聽同梯的說

金馬獎可是項上人頭

沒被對岸的水鬼拿去才領得到

後來我是回來了

沒遺失人頭也沒領到獎

退伍後冰菓室

有很多種好吃的綿綿冰

鬆軟可口又賞心悅目

吃了半夜都會偷笑

那時小朋友已經不唱

阿兵哥真偉大

我只能向弟弟炫耀

九條好漢在一班

說打就打——

最近流行碳燒冰淇淋

還有冰烤蕃薯

年輕人和年輕的媽媽都知道

吃冰定要趁涼

不然就想辦法不要冰

至於蕃薯

稍微退冰口感比較好

這個科學時代很多奇特的

冰都是內涼外熱

可能還沒舔就溶化了

想到平底船的溫度不禁心毛毛

兒子，兒子

你就慢慢吃慢慢瞧

不要急著去領金馬獎呀

同梯的笑我說

哎，你這老蛙居然吃起

杏仁豆腐冰

新聞

台中市議員李麗華上午（十一號）穿迷彩裝，在民政質詢時，為役男請命，並質問，當個兵有這麼難嗎？一百年至今，服務處接獲兵役陳情案約八十件，還有人等兵單等了近一年，學業工作都大受影響，估計全台約六萬人等當兵，促市府向中央反映，解決入伍大塞車問題。（見2013/10/11中廣新聞網）

與月亮擦身而過

中秋節

想要烤肉有人說

會燻黑月亮

想要放煙火有人說

恐怕燒了雲朵

我們去餐廳遇見

印度阿三露出白牙和

黃色的月光咖哩還有

SAY哈囉

走吧走吧還是去唱歌

小女兒點一首

揮著翅膀的女孩

阿嬤先唱沙庫拉哈娜後來

用台語唸月娘笑妳戇大呆

我們飲了海尼根

向前行啥咪攏嘸驚

突然想起老友說你詩集那首

相欠債很適合那唱姐姐的
我想著姐姐姐姐
就拉著老婆說回家回家
我們與月亮擦身而過
進入中秋節的牀舖我嚷嚷
沙庫沙庫老婆輕罵
神經，什麼時侯了！

（晚上我夢見在年少的池塘邊，玩著跳兔神遊戲。）

新聞

明天就是中秋佳節，民眾也開始準備團圓、烤肉。前副總統呂秀蓮在臉書上批評，「中秋節烤肉是最愚蠢的過節方式」，為了救地球、保護安全和健康，要大家共同響應「中秋節，不烤肉！」（見2013/9/18自由時報）

配方

他們又改變養鳥的配方了。

這次從小鳥及於中鳥，但配方卻分為免費和自付兩種。

選擇配方須經身體檢查，體質特殊的得到珍貴的配方。

於是，養鳥人開始不凡的訓練：

包括鳥的眼睛、鳥喙、腳形、毛色，鳥

的叫聲、啄法、飛行姿勢、睡覺習慣

——列入記錄

一路吃配方長大的鳥抗議了

「看那野樹上的果子和蟲兒多美味呀！」

「重點是，變成什麼動物都沒關係，就是不能把你養成

一隻鴨——」

養鳥人如是說。

新聞一

12年國教相關法案今天（27日）傍晚5時50分在立法院三讀通過，高中學費排富門檻以家戶所得148萬元為基準，沒有超過148萬元的高一新生不用繳學費；高中入學方式有免試入學跟特色招生，103年免試比例占各招生總名額75％以上，並逐年提升，108年占85％以上。（見2013/6/27自由時報電子報）

新聞二

國教行動聯盟等十餘個教育團體今（25）日召開記者會，要求立法院暫緩通過高級中等教育法草案，前暨南大學校長李家同也參與記者會。李家同說，12年國教號稱免試升學，結果不但要考試，而且考得更難，他認為這個政策「毫無意義」，根本不應實施。（見2013/6/25 NOWnews.com）

午夜的翻譯機

晚安曲後，夜更不安了。眾聲喧嘩，盡是來自外邦的語言。我張口滑舌，和著跳動的光點，陸續吞下幾千種。

突然，發覺自己變成一部翻譯機。蟑螂／輸入，蚱蜢／輸入，蠍子／輸入，蚊子／輸入，Enter，Enter，凡求我的，必獲得滿足。

直到凌晨，有妙齡生物無意中輸入／年輕的戀情。我結結巴巴許久，發出機械性的嘶聲，當機了。因為記憶體裡早已遺失那些騷舌的語詞。

新聞

美國1名47歲男子自稱，在過去11年間，已經吃過5千多種的昆蟲包含蟑螂、蚱蜢、蠍子、蠅蛹等，並透過美國TLC頻道的節目專訪，向觀眾展示如何捕捉昆蟲，以及利用冷凍的方式將昆蟲「安樂死」保鮮。

據英國《每日郵報》報導，透過美國TLC頻道的「My Crazy Obsession」節目專訪，這位來自美國羅德島州（Rhode Island）47歲的格瑞斯（David Gracer）是一名英語老師，他的飲食習慣相當與眾不同，讓一般人難以接受，尤其是他最愛的蟑螂。（見2013/5/3 NOWnews.com）

馴牛記

帶著野心上山
暢飲蠻荒
我尋牛／忘牛
追著禪跑

果趺坐如露
因妳心中小草
馴服了這頭
暗礁

新聞

位於宜蘭與新北市交界、北台灣熱門景點的「草嶺古道」，驚傳山區水牛撞傷三名遊客意外。宜蘭縣政府今天指派專人上山捕牛，會同飼主在山區找了五個多鐘頭終於尋獲。原先準備的麻醉槍沒有派上用場，飼主利用樹枝和嫩草，成功誘導水牛跟著他回家，結束兩頭水牛流浪記。（見2012/3/14中廣新聞網）

馬賽

箭在弦上
馬在馬上
遊魂溜出掌心

發在臉上
賽在昨夜
你

點點斑白飛奔
入了光暈

新聞

日本法相小川敏夫被爆料日前在國會中以手機瀏覽賽馬網站，小川二日坦承確有其事，
並稱只是上網關心一下自己擁有的賽馬現狀。律師出身的小川是日本現任閣員中少數的
億萬富翁，雖非最有錢但財力雄厚到足以當「馬主」，也引發了話題。（見2012/3/3自
由電子報）

莫宰羊

偶發詩
男人提著菜刀
走進夏宇
門口兩隻羊
死了
一灘雨聲

自動寫
廚娘舞弄騷莎
裙底閃鑠
詩靈微笑挽起
吃吃的
莫宰羊

新聞

　　古坑荷苞山的莫宰羊之家，昨日再添兩新成員，民眾張裕賢捨不得宰殺已養三年的兩頭寵物羊，與古坑鄉公所連絡後，親自送羊至荷苞山養老，而莫宰羊之家的羊，已由成立時的五頭，增至目前的十一頭。

　　古坑鄉的「莫宰羊之家」於前年十一月設置，當年年逾八旬的王老先生養了五隻寵物羊，長年茹素的他因年事已高，無法再照顧小羊，又眈心小羊交給別人會成為饕客的羊肉爐，因而左右為難，這起人與動物感交織的故事被古坑鄉公所同仁知悉，經與荷苞社區發展協會協調，才在荷苞香藥草園區內設立莫宰羊之家，安置羊兒。（見2012/3/1自由電子報）

強暴句

強暴句之一：

像一隻花豹，你在胯下強暴了野草，在嘴裡強暴了喉
舌。

強暴句之二：

像一隻野雞，你在黃昏霸凌著蓓蕾，在凌晨厶喝著陽
光。

強暴句之三：

神的判決是，毋庸刳割；令汝為雙性，持續強暴自己，
日夜不得歇息。

新聞

立法院院會25日三讀通過「性侵害犯罪防治法」修正案，增訂「刑後治療溯及既往條
款」。對此，內政部長江宜樺今天（26日）表示，修法更加保障婦幼人身安全。江宜樺
說，經徵詢各方意見，發現化學去勢對性侵犯預防沒有必然功效，所以這次修法並未納
入。（見2011/10/26中央廣播電台）

悚然

偶然，釋出一種情緒

隱約中帶著銳利以及

莫名的爆發力

黑暗中，我們尚在確認

有無足以辨識的靈聽之際

那裂解的烏雲，突然

公然進入了

　　　　某人的胸膛

誠然，他們說

有某種溫柔的暴戾

會在懵懂的夢裡擴散

異形一般

讓值夜的星星也悚然

新聞

行政院海岸巡防署昨天在桃園縣蘆竹鄉海湖靶場舉辦「海巡盃射擊比賽」，過程中一名張姓少校在休息區向槍彈戒護人員借槍試瞄，卻不知槍枝已經上膛而擊發；子彈經牆壁反彈後，射中台南第二查緝隊周姓士官長右後肩、傷及肺臟，所幸緊急送醫開刀取出彈頭，並無生命危險。海巡署已指派督察人員調查責任，將從重議處。（見2012/7/18自由時報）

墜樓事件

諸雲聒噪的夜晚
（有風月相隨）

我從頂樓墜落
看見他們升上來
（影子溫柔拂過
水塔冷氣機
電訊發射器）

他已經在睡覺
嘴巴開開雙腳併攏
像個死人
（聽這女兒牆　啊
有鼾聲
窗口亮很大
酒味漂浮）

他們正在做愛
男人臀腿跨張
女人只露出小丫
說再來
（這裡正滿月
喔好喔吧
窗口涼涼
有氣下降）

她規距的看前方
認真打電腦
只開側面一盞小燈
（風微微
這廂有點憂戚）

下面是
他用短小的傢伙在尿尿
廁所門也不關
（小小黃金葛拂過臉影
加上一些馬賽克淅瀝的雨聲）

還有兩人在吵架

男人摔下一張椅子

女人作勢要跳

看到我經過

迅速關窗

（這邊的牆小雷霆可是很激烈

布簾躺在窗台聽

受傷的玻璃正在哀叫）

（馬賽克來了

又去）

接著這個純白的修女

捧著一本大聖經正在祈禱

聽說主會赦免一切罪行

包括偷窺

瞬間我這乾癟的氣球又充滿元氣

飛進她的房裡

（一輪神光照過來

透明窗子

貼小張的天主保佑

然後有十字架和風鈴
都默不作聲）

（天啊
這墜落的旅程就在此止住
是有神打開這窗嗎）

最後那層一直沒去
我想也不必了

（玻璃裡邊適巧有眠床
讓我棲身）

從此我夜夜墜落
窺視
他們正在做　而我
正要歇息

（天空們紛紛告解）

新聞

台南市一名女子今晨疑從十四樓住處跳樓自殺。據調查,這名女子疑和同居男友吵架,選擇輕生。事發時,男友正在臥室中呼呼大睡。警方呼籲民眾珍惜生命,若須協助可撥生命線「1995」或張老師專線「1980」。(見2013/6/15中央社)

舞台守則

第一條／不准表演犯罪

第二條／不准表演情慾

第三條／不准表演污染

第四條／不准表演生活

第五條／不准表演死亡

第六條／不准表演

第七條／違者在舞台定罪

第八條／罪人在舞台處決

第九條／判決者在舞台撤職

第十條／撤人職者不斷被撤職

第十一條／被撤職者不斷復職

第十二條／被處決者不斷復活

第十三條／不准下台

新聞

國家兩廳院成立25年來頭一遭，舞台上演員表演抽菸遭衛生局開罰！由旅美導演楊世彭執導的王爾德經典名作「不可兒戲」，5月24日至27日在台北國家戲劇院演出，劇中演員黃士偉飾演男主角華任真因一幕抽菸演出，遭觀眾檢舉違反菸害防治法。幸好兩廳院藝術總監黃碧端回文台北市衛生局加以抗議，衛生局才撤回開罰的決定。（見2012/10/3中天新聞）

五月節慶台上致詞範例

【各位女士先生大家好！】

1.勞動節到了，大家停止勞動

2.母親節很溫馨，媽媽請勿勞動

3.生日轟趴，一起忘記勞動吧

4.至於詩人節，這個沒勞保的節日
請開香檳慶祝自己寫出好詩，並
宣佈從此不再寫詩了。

5.最後，祝大家知足常樂／流淚時
愛用五月花

新聞一

昨天是勞動節，數十個工會、近三萬五千人上街怒吼，人潮擠滿自由廣場、凱達格蘭大道、立法院和行政院周邊。「勞保年金拒絕降低！」「落漆馬政府，無能兼白賊！」勞工們大聲抗議，感嘆昨天其實是「勞慟節」。（見2013/5/2中時電子報）

新聞二

五月即將到來，許多家庭也開始籌劃，準備迎接第二個禮拜的母親節。為了慰勞媽媽一整年的辛苦，在慶祝母親節時，許多家庭都會選擇不開火，到外面的享用豐盛的一餐。（見2013/4/24大台灣旅遊網TTNews）

中華命相學院招生錄取名單

中華命相學院招生錄取名單：

動物系：

龍年了 鳳搖尾 馬殺雞 公羊吼叫 牛鬥樹 猴攀枝
貓嘴尖尖 駒跳樑 狗走運

象棋系：

帥垂首 士端坐 相看看 車飆車 馬暴走 兵演兵
將軍 包二奶

敬語系：

媽祖生日 娘敬香 您請坐 君求籤詩 祇是 佛恬恬
神明愛搏杯

感嘆系：

啊是誰 吼無歇 哇哇山前 叭幾聲 欸欸 吁不回

嘎是　呀呀滿天飛

（龍年錄取名單，上榜者請先點光明燈，安太歲。）

新聞

內政部近日出版《全國姓名探討》一書，蒐羅全國稀有古怪姓氏，書中並整理了全國不超過廿人的姓氏與特殊關聯姓氏，整理後可大致分為「語助感嘆詞系」、「動物系」、「敬語系」、「象棋全系列」、「數字系列」，以及「古老姓氏大全」等等，姓氏千奇百怪，令人目不暇給。

語助感嘆詞系包括：欵、呀、吁、叭、喏、哇、吼、啊、嘎。這些一般只會出現在對話語境中的語助詞，同時也是國內少數人的姓氏，如欵、呀、吁、喏、叭全台各僅一人姓；吼、哇、啊，則各有兩人姓；嘎則較多，有十六人。

動物系列則包含：猴、雞、駒、貓、公羊。其中雞跟駒各有四人，猴有六人，貓有五人；而最奇特的複姓公羊，是中國《百家姓》中的古姓氏，歷史名人如史書《公羊傳》作者公羊高，而全台姓公羊者僅一人。

特殊關聯姓氏還有「象棋全系列」，包括「帥」、「將」、「士」、「相」、「車」、「兵」全到齊，但全台「將」與「士」姓稀少，僅一將與兩士。

其他特別姓氏還包括敬語系的「您」與「君」，稱謂系的「娘」與「媽」，神祇系的「佛」、「神」、「祇」等。另還有形容詞系「憨」、「胖」，各僅六與八人而已。

（見2012/11/01中時電子報）

輯四

阿兵歌

真不是蓋的

（一）出境

友人誇耀已繞地球一圈，我說
只要一開門，就出國了。
不信你看路上行人，有的用禮帽蓋住地中海
有的用鏡片掩護西方觀點，有的
戴上口罩偽裝美國腔，還有那遮羞布
啊，上面是瑪麗蓮夢露

（二）新聞

在麥當勞閱報，應了一則新聞
響尾蛇被泡過六個月，還會
跳出來咬人，就是死不透。
真不是蓋的，藥酒罈子露出一絲口風
讓暴風中的雪人在融化的生死關卡
頓然醒寤

（三）人孔蓋

每天一堆輪胎輾過他的臉，大罵

幹嘛擋在路中間，還鏗鏘有聲

可是裡面的雜音可多了，你聽不見的

譬如忍者龜和巧虎的戰爭，譬如

門前小河的水一次漲足，他們都頂著人孔蓋

就是叫不出聲來

（四）羅馬

老師說，條條大路都可通到那裡

從四維八德到三民主義到反攻大路以至於

凱達格蘭大道都標示著小心慢行

由電信到電力到自來水到排水以至於

海龍王的專用道路都舉牌肅靜迴避

一路上很多人在教宗的瓜皮帽底下

避暑解渴而且，竊竊告解

（五）入境

打開大門，額頭蓋上入境戳章
兩頰註以金玉滿堂闔家平安。
我的神說歡迎歸來我的佛說放空一切
我打開冷氣機打開除濕機打開洗衣機
打開電視機，他們紛紛吵成一團
收視率破百，啊
真不是蓋的

新聞一

大陸黑龍江雙城市1名劉姓婦女為治風濕病，託朋友弄到一條活著的響尾蛇泡在酒缸裏。3個月後當她欲打開酒缸時，這條被認為應被泡死的響尾蛇卻猛然躍出來，咬了她的手一口，所幸立即送醫無大礙。（見2013/9/9中國時報）

新聞二

高鐵台中站區內的高鐵東路車流頻繁，其中兩處疑似污水下水道的人孔蓋因下陷，出現與路面約十公分的落差，車輛行經時彷彿輾過大坑洞，不但劇烈震動，還會出現轟隆巨響。（見2013/7/8中國網路電子報）

新聞三

涉入司法關說案的立法院長王金平預定今天下午返國，大批記者陸續前往吉隆坡國際機場，希望能在王金平返台前，取得他對此案的說法。（見2013/9/10中央通訊社）

阿兵歌

晚餐中

父親兒子一直盯著前方的黑盒子

看虐死兵事件

兒子好害怕，因為下個月就要入伍

父親安慰說不用擔心

想當年我是兩棲蛙兵

比這個操十倍

只要應付得當都可全身而退

兒子聽了還是害怕

母親就叫父親閉嘴，究竟

我們只有這麼一個兒子

吃菜吃菜，再想想辦法

看能不能免當兵

父親悶頭動筷子唉唉，說的也是

其實當時連上也有人被操死

而且，以前上初中腳踏車騎三十公里

現在滿街雙B了，怎麼還是死腦筋

後來兒子滑著手機說

很多人按讚明天要去抗議

父親搔搔頭。好

抗議視同訓練，訓練視同作戰

我們就一起去古早的府前路喊口號

大聲唱阿兵歌

說著說著就哼起童謠

阿兵哥　呷饅頭

饅頭白雪雪

身軀烏蛇蛇

晚餐後

全家看影集大兵日記

心裡舒坦了些

新聞

　　在全民怒吼、家屬血淚與媒體關注28天後，軍檢對陸軍下士洪仲丘枉死案昨日偵結起訴。

　　不過，1985行動聯盟不領情，痛批軍檢起訴是「只辦小兵、縱放大官」，8月3日仍將號召萬人上凱道，「要真相、要人權、送仲丘」。（見2013/8/1中時電子報http://tw.news.yahoo.com/洪案18人求重刑-縱放大官-人民再上街-213000229.html）

102年新代數考卷

題一

被虐死士兵可頒旌忠狀，試證明之。

答曰

∵凌虐＝磨練

　磨練＝訓練

　訓練＝作戰

∴虐死＝戰死

∴被虐死士兵可頒旌忠狀

題二（承上題）

旌忠狀可資源回收，試證明之。

答曰

∵作戰≠訓練

　訓練≠磨練

　磨練≠凌虐

∴戰死≠虐死

∴該旌忠狀可資源回收

題三（承上題）

好男不當兵好鐵不打釘，試證明之。

此題尚未作答，突有鷹隼俯衝而下，叼走試卷。

A君因該科零分，無法畢業。含冤鬱鬱而終。

嗚呼！

新聞

洪仲丘的告別式，家屬婉拒軍禮，但是六軍團在前一天送來了總統頒發的旌忠狀，洪爸爸表示，要把旌忠狀拿去資源回收，這讓軍方很尷尬，只好向家屬說，會把旌忠狀收回去。（見2013/8/4民視新聞）

抓酒風

李白那個時候

喝酒樹下有風

月兒臉紅紅

羲之書寫蘭亭的午後

酒壺溯溪泅泳

高唱快樂誦……

他們那個時候

飲酒暢神／文氣凌宵

才子一揮手

風起

　　雲湧

我們這個時候

有酒有色還有跑車

紅塵萬里名士風流

出口成ㄨ變亂已久／至於

文人只能憂傷

用酒氣吹出

風化的人間

漂零的

詩

　骸

0.15. 　0.25. 　0.55……

君不見酒中仙、詩中聖

哇了一口就成為階下囚？

到雲端去吧，雲端

騎虎遨遊的好地方

可以和李白羲之一起

射箭

　抓酒風

新聞一

全世界最嚴格的酒駕取締標準今日上路，酒測值超過0.15就進行開罰、超過0.25就依公共危險罪移送，全台在今日零時立即展開「全國同步擴大取締酒駕專案勤務」。（見2013/6/13蘋果日報）

新聞二

北市某國小校長連校長因酒駕遭逮，台北市教育局今召開「校長成績考核委員會」，決議立即停止校長職務，並交付「公務人員懲戒委員會」審議，進入審議過程後，該校長將不得申請退休。（見2013/6/17聯合報）

只要一些好咖啡

媽媽七嘴八舌
爸爸手忙腳亂
小孩有耳無嘴

淡水河邊
觀音大士轉身
告訴合掌的漁夫

什麼都不必說
只要一些好咖啡
豆豆地，豆豆地

灑在我足下

新聞一

八里雙屍命案，檢警昨日偵結，認定全案是女店長謝依涵一人所為。她為謀奪陳進福夫婦財產，半年前就密謀殺人，以安眠藥迷昏兩人後帶到紅樹林，先殺陳進福、再殺張翠萍，檢察官依強盜殺人等五項罪名起訴，求處最嚴厲之刑。（見2013/4/13中國時報）

新聞二

八里雙屍命案偵辦告一段落，媽媽嘴咖啡負責人呂炳宏已被排除涉案、獲不起訴；呂炳宏14日晚也在「媽媽嘴咖啡店」臉書（Facebook）上預告，「5月1日重新開張」，網友第一時間回應，有人期待也有人驚恐。（見2013/4/15 NOWnews.com）

蛇年公投

鉈柁沱炝坨50%　圠圠圠圠圠（　）％

蛇鮀鴕佗它50%　仕仕仕仕仕（　）％

核炫垓佹咳50%　驚駭騷騁馳（　）％

霆霓雷電霜50%　錞椁淳焞埻（　）％

運勢：帥仕相俥傌炮兵33％將士象車馬包卒33％

　　　觀棋君子34％

過關：50％×50％

新聞

行政院長江宜樺今天說，有關核四停建公投，將由立法院發動全國性公投，如果成案，
預估會在7、8月舉行公投。（見2013/2/25中央通訊社）

中秋節新開幕：鴨霸仙

鴨

人人人人人人人人人人人
人人人人人人人人人人人
人人人人人人人人人人人

霸

ㄚ頭、ㄚ舌、ㄚ翅、ㄚ脖子
ㄚ心、ㄚ肝、ㄚ腱、ㄚ腸子

仙

蒸的煮的炸的烤的醃的魯的
薑母鴨三杯鴨一鴨三人一桌
塑膠的充氣的巨大的可愛的
黃色大仙兩百萬人共用一隻

（供奉用小鴨，每只一千。
清淨心靈，勝過誦經萬遍。）

新聞

超可愛黃色小鴨昨正式亮相，浮上高雄光榮碼頭！當小鴨「游」過愛河口剎那，現場響起陣陣掌聲，相機喀嚓聲與閃光燈更此起彼落未曾間斷。市府粗估首日超過廿萬名小鴨迷進場一睹風采。高市府預估，為期一個月的展出期間，可吸引超過三百萬人潮，帶動超過十億元的周邊商機。（見2013/9/20自由電子報）

輯五

海邊的大衛

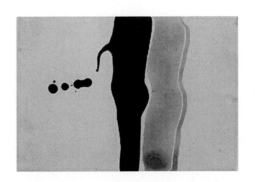

海邊的大衛

海邊的岩石經過風雨剝索
直落落地挺出裸體大衛

已經幾百年了
大衛堅守崗位緊握投石袋
全力防止猛浪入侵
他是令人尊敬的將軍

只是噩夢揮不去的
夜裡浪花不時伸手偷襲下體
讓本來就寥小的部位逐漸剝落
一種英雄式的軟弱

這個春天某個午後
眾女神圍繞大衛低頭細語商量
讓「它」自然凋謝或者
加護保險套

最後是維納斯做了決定
她別開有點潮紅的臉頰說
換成不鏽鋼吧

從此這裸身英雄善於在上面
展露曖昧的假笑在下面
閃爍虛偽的光芒

從此海邊的居民傳說
只要有大衛在　保證風調雨順
一切平安

新聞一

超過四千歲的野柳女王頭不堪風化，專家預估不出五年恐斷頭！是尊重大自然法則讓女王頭「自生自滅」？或是以人工方式「護頸」？交通部觀光局決定交付全民公決。（見2013/12/2自由時報）

新聞二

今年的台灣很「假」！台灣二〇一三代表字大選昨揭曉，「假」字以一萬七千七百九十票登上寶座，囊括近三成票數，遙遙領先第二名的「黑」字（三千八百六十一票）；前十名的十一個代表字（有兩字同票數）中，與食安風暴相關者高達九字。（見2013/12/10聯合報）

真是的

嗨，

書本說：

烏龜想要吃菜

卻舔到肉

他只好撒謊

這個長得很像

捲菜心

蚌仔看似吃肉

其實喝了豆漿

她假惺惺

真是的

我看到了熱狗

烏龜和蚌仔相互竊取

彼此的寶物

然後偷偷告訴對方

晚上好過白天

肉邊菜也不錯

真是的
他們都如此誠實
以致於神賞以
珍珠
嗯。

新聞
　　為了鼓勵吃素，印度一本教科書竟然宣稱，吃肉會讓人說謊、偷竊，甚至性犯罪。
　　英國《每日郵報》網站報導，一本供十一歲學童使用、旨在教導學生關於健康、
衛生和性知識的教科書，其中一頁內容提及非素食者時寫道，不吃素的人易有暴力傾
向，較會欺騙、不守信用、說壞話、偷竊、打架，甚至性犯罪。（見2012/11/19中時電
子報）

不仙不死

我們上天梯
在米羅吠月之犬
的祝福中
做愛

天梯每級都是刀鋒
每一衝步唉叫一聲
每個刀口很興奮
就像大法師誦唸
尖銳的咒語

上方的舞台
正進行頒獎典禮
新幹線文學獎
有人歡呼成仙有人
跌落下來

我們還是繼續造愛
與天梯交尾
朝月亮高呼萬歲

我們刻骨銘記這
不仙不死的
高峰經驗名之為
殉愛，並且相約

下輩子
再來

新聞

烏克蘭警方今天表示，一對情侶難以控制熱情，黎明前摸黑在鐵軌上大演床戲，結果以悲劇收場，女子遭火車撞死，男伴也被輾斷雙腿。根據警方發布的聲明，這位保住性命的41歲男子表示：「我們由朋友住處回來，我的女友和我一時情不自禁，想在鐵軌上體驗一下刺激感。」（見2013/10/1奇摩新聞）

最夯的求婚術

求婚是一種戰術
經過沙盤推演
要從後方斷崖攀登
奇襲，一舉殲滅愛情不朽
的迷思

求婚是一種魔術
突然從畫中赤裸走出
墨水淋漓單膝落地
擁著愛人再度進入美麗景緻
試穿結婚禮服

求婚是一種藝術
每日寫一首讚美詩
捧著玫瑰化成憂傷的彩蝶
跌坐女神足下
今生求不到誓不
　　　　為人

求婚也可以不學無術
只要燃一支香空想
風來了，自然
在煙霧繚繞中
步入禮堂

最後一招
真是凝斂有詩意
夢境纏綿
　　　意象新奇
經過網路票選
是最夯的求婚術

新聞一

求婚花招千奇百怪，一名家裡從事救護車兼洗腎中心的黃先生，精心安排裝病求婚橋段，由哥哥開救護車將他送進急診室，把他的護士女友給急壞了，忙著問怎麼回事？這時男主角突然遞出一只閃亮亮的鑽戒，對著女友說出「嫁給我吧」，讓女主角喜極落淚。（見2013/5/31中視新聞）

新聞二

農場裡的草泥馬今天穿上蓬蓬裙特別打扮，原來有個特別任務，要當求婚的見證人。這對相識十年的戀人，男主角張先生，特別選在這個他們第一次約會的地方，跟女主角求婚，不但設計許多神祕橋段，還高歌一曲，誠意十足。（見2013/5/26華視新聞）

新聞三

澎湖花火節，浪漫的煙火似乎成了感情的催化劑，頻頻上演求婚戲碼，1日又有一對台灣情侶，男朋友特地租下街頭的電視廣告牆，當街求婚，讓女友好驚喜，毫不考慮就答應了，路過的民眾也大方的給予祝福。（見2013/6/2民視新聞）

新聞三

周末假期最後一天還是高溫炎熱天氣，全台高溫依舊上看35度，明天開始鋒面接近，最快今天深夜北台灣會開始飄雨。上午台北市一場公益路跑活動，跑者都熱得頭大汗，不過有男友頂著大太陽，在終點線向女友求婚，又熱又浪漫。（見2013/6/2華視新聞）

敝屣與Slipper

《孟子・盡心上》：「舜視棄天下猶棄敝屣也。」

連續假日
我被敝屣困住了
這古典的詞
如此優雅而溫柔
為何要拋棄呢

孟軻與舜對談的時候
我就站在旁邊，歪頭
斜睨他們所穿的敝屣
聽說，江山就在足下

為了確認不在夢中
就搔搔自己的腳踝
江山果然出現了
完整的地圖

山水碧綠，平原遼闊而
舜的元神正俯臥著。
這長壽數千年的龜，背上有毛
以及很多題字
到此一遊，福如東海，諸如此類

當下我刻寫「棄如敝屣」
以及旁註「破鞋」

瞬間
江山裂解了
諸元神紛紛大叫
「Slipper！」「Slipper！」
祂們持著藍白拖追打
兩隻小強
牠們都已屆耳順之年
仍散發著費洛蒙

新聞

　　德國一隻60高齡的雄性烏龜把一隻拖鞋當成伴侶並與之相戀30年。直到最近才遇到真正的同類性夥伴，一隻80歲的雌性烏龜。

　　這隻名為蘇希（Susi）的烏龜來自漢堡市與漢諾威市之間的小鎮索爾陶（Soltau）。1983年，時年30歲的它剛剛進入「青春期」，就戀上了女主人的一隻淡紫色拖鞋。30年來蘇希從未與拖鞋分開，「它們的關係非常好」。（見2013/6/27希望之聲 http://big5.soundofhope.org/node/369601）

家家酒

他們玩

撲翅撲翅

交換羽毛

他們說

呱呱嘎嘎

交換誓言

他們踏過沙雕的禮堂

留下掌印，再回頭

全部剷平

他們討論這遊戲

雞同鴨講

最後

分乘玩具車離去

他們各自搖搖頭

也罷

只是喝了

一杯酒

新聞

　　廿七歲王姓女子與李姓男友登記結婚，要求婚後李得「買包、買車」給她；兩人辦妥登記不到一小時又來辦離婚，原因是王女離開戶政事務所，就立即拉李到車廠「下單」，李勸暫緩，王怒嗆「不買就離婚」。

　　李王「一小時聯姻」已創下該戶政所「最短婚姻」紀錄，連任職多年的資深人員說，「想都沒想過的事情，居然會發生！」（見2012/3/5聯合新聞網）

禮佛慢慢來

慢慢來
禮佛不要有聲音
雙膝脆地用手語
朝山前的祈禱

唵　我愛妳
是俚俗的咒語
請用心經，波羅蜜多
一字一字慢慢寫
佛在山上
色在空中

深谷是
容易跌落的地帶
暫行止息，用眼耳鼻舌書寫
將色聲香味拭去
移動移動，不要焦急
佛法在心中

高空有真氣
不愛不慾不垢不淨
不增不減不生不死
小心不讓
手印錯置
方
向

最要記得
風雪覆蓋的神祕處

慢慢來，不要有聲音
默觀佛顏讀唇語
無有恐怖遠離顛倒夢想

慢慢來，親吻佛足
小心攀升峰頂
禮佛不要有聲音
只待掰開暈眩時分
你將大聲爆叫

。　。　。

涅槃了！

新聞

　　現代人生活步調太快，因此有人提倡慢活、慢食，最近還有人高呼性愛也要慢慢來。美國新書《緩慢性愛》大談用冥想提倡床上生活樂趣，作者黛頓宣稱緩慢性愛讓女性「只要15分鐘就能達到高潮」。

　　黛頓認為女性不是不喜歡性愛，而是她們想要的不一樣。她多年前偶然一次坐禪，經人傳授緩慢性愛的技巧，大感玄妙，於是開班授課，輔導伴侶間「高潮冥想」，已經有數千人參加。（見2011/7/22蘋果日報）

一泡種子

妳知道麼
凡樹有神
神說
一粒果子有億萬個佛
信者
給一泡種子

空虛的土地
妳需要嗎
真的
服用一泡種子就可以
進入花花世界

眼前
每枝寂寞的幹
都聲稱有靈通的管

他們輕佻搖晃
傾訴雷雨與露珠的故事

可妳知道
故事裡的果子有
因緣的咒語
空洞的愛情還有
天長地久的
輪迴

信者得福
聽話
來一泡吧
如是

只要一泡
過了億萬千劫
妳在夢裡嗅到
佛味
還會突然想起

我的

　　種子

新聞

在兩名捐精後代鍥而不捨追蹤下發現，奧地利裔英國不孕症專家魏斯納（Bertold Wiesner）從一九四〇到六〇年代，透過自己夫婦在倫敦開設的助孕診所，以精子捐贈的方式，協助不孕夫婦生下約一千五百名小孩，但魏斯納本人也在捐精者之列，估計他生下的子女可能多達六百人。（見2012/4/10中國時報）

無心之愛

神
用天空
裹住馬臉歲月我
走在奧秘的道途
命定闖入妳無心之愛
從此親密一萬個寒暑
故事不斷逝去
雨露朝夕相濡
我永遠不
喊苦
妳從來
也
，
不
知
自
己
是
顆
樹　。

新聞

　　近日網路上流傳一組「飢餓的樹」照片，大樹們活生生吞掉一台廢棄的腳踏車，車輛被大量的樹根團團圍住、高掛樹幹上。英國《太陽報》報導指出，照片拍攝於美國華盛頓州一處森林，該輛腳踏車疑從1950年停放在樹旁，當樹木不斷長大，樹幹和樹根緊緊將腳踏車包圍住，從外觀看，像極了腳踏車遭大樹吞食，懸在半空中。

　　報導內容稱，這些照片顯示出樹木成長的生命力，但吞噬的過程十分漫長，要「吞掉」一項物品，至少得花費30年時間。（見2013/1/2 NOWnews.com，http://tw.news.yahoo.com/美國大樹-肚子餓-離奇活吞廢棄腳踏車60年-080444944.html）

輯六

發明課

傷停——紀念商禽

走在長頸路上，走向逃亡的天空。

你為了擁有全部的明天，選擇丟棄今天；你的鬱卒，是超越現實的最現實。

迷霧散去，傷也停了，你用思想的腳，叛逃，用歲月的影子，飛行。

你寫出的最後一首：沒有黎明的夢，裡面噙著我們的淚水。

新聞

多年罹患帕金森氏症，台灣前輩詩人商禽27日凌晨因併發吸入性肺炎過世，享年80歲。（見2010/06/30自由時報）

不纏

他們說，有霧！

從此，女孩就走失了

他們說，unwanted，不要來纏我

妳是種姓之外的另一姓

是賤民之外的另一件

是首陀羅遺失的一首歌

他們說，karma！在恆河億萬沙的沉默回應中

女孩已到達彼岸

新聞

近300名印度版「不纏」（unwanted，台語「不要」）女孩，22日在一場官辦的改名典禮上，正式揮別帶有性別歧視意味的名字，展開嶄新人生。印度當局希望能藉此協助「不纏」女孩重拾自尊，扭轉重男輕女觀念所導致的男女比率嚴重失衡。（見2011/10/24自由電子報）

空格

洗妳的手洗剩一條河
洗妳的頭洗剩兩面湖泊
洗妳的心洗剩這。血賁
我們的誓言呢，已流落
在彼岸成為石頭的
斑駁，歲月之神

我們的神早站在邊界
用晨操數著浮游的雙眼
數著擺弄的雙肩。不動的兩足
數著無數的失眠
凡數不盡，都成為賤人的
我們

洗祂的頭洗出一串舍利
洗祂的手洗出兩朵蓮花
洗祂的心洗出。虛無的無

而昨夜的禱告呢，在趾邊

倒出了　空格

新聞

———————————————————————————————————————

　　印度環保健將阿加渥日前不滿政府恆河管理局未妥善清理恆河，絕食抗議長達68天；總理曼莫漢23日終於接受該訴求，可望召集恆河管理局開會以整治流域。據悉，這也是阿加渥四年來，第三次為了環保而絕食抗議。

　　恆河被印度教教徒奉為聖河，他們認為沐浴其中可以洗淨罪惡，所以很多虔誠的教徒都會往恆河朝聖，並於河中浸浴及在河岸冥想；不過，這條長達2500公里的流域中，已有許多河段被工廠廢水、下水道污水及垃圾給污染。（見2012/3/25 NOWnews.com）

洗妳

神神的擦拭・祈禱
我。數十載
拭出妳的臉

詩詩的愛・洗濯
幾千次
洗成受洗者。妳

今天好嗎

新聞

　　七十八歲美籍修女潘莉安，遠渡重洋來台，在台南市仁愛修女會附設的老人養護中心，清洗老人尿布，一洗快廿年，每天面對又髒又臭的尿布，她不認為有什麼困難，「重點不是我做什麼工作、而是我為什麼做」。

　　「老吾老」專門收容失智、失能的無依老人，多數都坐輪椅，無法生活自理。為了環保，中心從沒有用過紙尿布，「老人家每兩小時換一次，每天大約要換下一、兩千塊尿布」，潘莉安（Joan Ann Barrett）是開心果，總笑口常開，看到老人就逗開心「你今天有沒有心情好？」（見2012/3/22聯合新聞網）

致大豪

你
一直來一直來
終於糊了我
這紙山水

新聞

　　氣象局持續發布豪雨特報，全台都列入豪雨警戒區，提升西南氣流預報規格，首度
比照颱風警報以縣市為單位發布豪雨警戒區。

　　南投縣廬山溫泉區上方的平生部落，因連日大雨不斷，昨日上午十時許山洪暴發，
住在工寮裡的三名工人遭到活埋。（見2012/6/12中國時報）

致小強

你永遠
推不開方形舞步
永遠
墨不了我
蒼白的

　　　　水
　　　水山水
　　　　水

新聞

「我希望我的小孩是蟑螂！不管社會變遷動盪成什麼模樣，他都能靠多元技能活下來，這才是未來世界需要的競爭力！」在自學圈裡的「自學教父」，笑嘻嘻地以「蟑螂」期許從小沒上過一天學校，在家自學的一雙兒女。（見2012/5/6台灣立報）

進化

這豢養數十年／漆黑的洛克馬
遇見白象便止住了
我只得帶著肉身經過山門
穿越左右護法儡人之眼

竟然胸口就咚咚起來──痛念
金剛般若波羅蜜多
心經　銘刻在莊嚴的古鐘上
我凝視菩提　樹傾聽佛語
哎，這三百多年的蟬
已有了人聲

新聞

有300多年歷史的古剎台南開元寺昨天選舉下任住持，不同派系人員曾分別向主管機關表達意見與立場，令選舉蒙上陰影，也讓主管機關、警方對選舉不敢大意，所幸過程平和不到1小時即結束，經舉手表決，由現任住持連任。（見2012/10/17自由時報）

幽浮

夜／滑行不止
妳的眼光受傷了嗎

這個世界這麼苦
不如讓
我們一起漂浮

幽
　　幽　地
　　　　　舞

新聞

俄羅斯設計師打造了一款名為「蝙蝠」的懸浮式無線滑鼠，能夠預防手和腕部損傷。「蝙蝠」滑鼠外觀圓潤，由滑鼠墊和帶有磁環的滑鼠構成，磁環負責讓滑鼠懸浮在半空。（見2013/3/12新浪微博，http://tw.weibo.com/pic/science/3554965332813393）

發明課

返回童年的課堂。我

神神地看著萊特兄弟，鳥人，滑翔機
一些躍然的文字。
風來了，書本鼓翼，我緩緩騰起……。

他們仍趴在發明的夢裡。
老師說，那個叫阿三哥的，擁有五百個專利。

新聞一

今年上半年，（大陸）中關村國家自主創新示範區企業共申請專利10698件，獲得專利授權7231件，比去年同期分別增長21.4％和17.8％。日前，中關村智慧財產權促進局局長徐正祥在接受本報記者獨家專訪時透露，中關村企業首次實現半年專利申請量破萬件。（見2012/7/30中國新聞網）

新聞二

停辦五年的台灣鳥人大賽，今年捲土重來。新北市副市長李四川昨天以鳥人裝扮、頭戴KUSO造型的飛行帽，揮動手中象徵翅膀的羽毛，宣布二〇一二台灣鳥人大賽將於九月十五日在蘆洲微風園區舉行；號召廣大愛好飛行的好手，以「勇敢創新」的精神、發揮創意同台較勁。（見2012/7/27自由時報）

鬥鬧熱（台語詩）

有情的筆佇遮，無情的劍嘛佇遮

伊拿一桿秤仔來

秤

公義佮卑鄙

今旦日，阮嘛來鬥鬧熱

雲佇天頂唱歌，河佇頭前唸詩

霧來水也來，越頭，

咱的新文學佇遐，騎著洛克馬弄弄來

新聞

　　為了紀念「台灣新文學之父」賴和117歲生日，賴和基金會將在這星期六在彰化舉辦賴和日系列活動。

　　首創台灣文化人物城市節慶，賴和基金會以「愛、土地」為核心精神，5月28日將舉辦的「賴和日系列活動」，以文學、音樂、戲劇、旅行體驗為主。（見2011/5/24自由時報）

燒聲

他們帶著揮發性飢渴前來

一只極速旋轉球

瞬間→→→→→

點燃了滿場燒聲

新聞一

中華隊攻守精彩，雖然在今天的中韓之戰，在第八局以2：3遭南韓逆轉惜敗，但中華隊確定拿到經典賽複賽門票，將前進東京，力拚四強。（見2013/3/6奇摩新聞，http://tw.news.yahoo.com/mlb--live-中韓晉級關鍵戰-左投對決-104223354.html）

新聞二

這次中華職棒聯盟負責組訓，開先例大手筆整合所有資源，最後順利完成第一階段目標，中職會長黃鎮台看在眼裡當然開心；「真的不知道怎麼形容這種感覺，只能說真的很感動。」黃鎮台帶著加油到沙啞的聲音，激動得有些說不出話來。他表示，球員撐過好一段時間的低迷，也終於喚回這一刻，「這才是台灣棒球原本的模樣。」（見2013/3/6自由時報）

信天翁

一

咻咻

大海仰頭喃喃

我依舊靜默

咻咻

劃出美麗的弧線

牽起一甲子的風

咻咻

是不知所云

遭逢無所謂的時空

咻咻

是一種默觀祈禱

我濾去肉身

但願妳的浪啊

不再喋喋不休

二

禁止飛行的時刻
以停擺的羽翼／
以自動性技法
不知所云

〜

　　　〜

　　　　　〜

無可奈何的海／徹夜喧囂／吼

新聞一
一隻被科學家命名為「智慧」（Wisdom）的黑背信天翁真了不得，也許有點不可思
議，因為牠是這個世界已知最老的一隻野生鳥，活到62歲，而且上週日牠還產了一隻
健康的小鳥。自2006年以來，智慧已經產小鳥五次，而且在牠的一生中產鳥多達35
次。（見2013年02月14日大紀元http://www.epochtimes.com/b5/13/2/14/n3801045.
htm！；信天翁的婚後生活：休假一年半　環球飛一圈http://tech.sina.com.cn/d/2005-01-
21/1740511693.shtml）

新聞二
http://image2.sina.com.cn/IT/upload/20050121/68/1106300406/images_center/tech/
upload/2005-01-21/U68DT20050121172646.jpg

輯七

末世七日紀

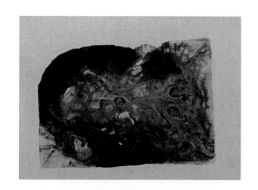

末世七日紀

第一天

螞蟻紛紛離家昂首等待

牠們帶著救生圈

還有真空的蟲卵

決心在下一個世紀

成為最先出現的

生物

第二天

流浪犬在滿月的荒原集合

練習狂吠，急切地期待形成

一種神奇的曲調

召喚飛碟從遙遙的極光之外

前來接送

第三天

牛馬嚴肅地向祖先禱告

我們要改變飲食習慣

下一個創世紀，老虎改吃草

我們將輪為

兇猛的肉食動物

第四天

不喜歡被摸了

這些大象忙碌地進出荊棘地

開始突變長刺

終於有機會，不再被摸清楚

善良的軀體和無害的偉大

或許，她們會有利爪和獠牙

第五天

大地山川急速崩解

蛻變再變，回復原初的

不可輕視之地

不再崎嶇，不再受踐踏

我們要重新畫出一條有尊嚴的

絢麗的地平線

第六天
人排在最後
在神的眼中，這些極聰明的，
超險詐的，卻惶惶不可終日的人類
就讓你們自求多福吧！

第七天
神關燈歇息
宇宙間再也聽不到善惡的爭辯
聞不著哭號與歡樂，只有
神的酣聲

新聞

「馬雅末日說」進入倒數計時，世界各地鬧得沸沸揚揚，高雄一名10歲男童暗夜哭泣，告訴牧師老爸「不想那麼早就死掉」，他父親詫異，世界末日恐慌居然連小孩子也受影響！

世界末日前想做什麼？近來也成為發燒話題，有網友表示要瘋狂地吃，Anna Chiu說，最後一刻跟家人聚在一起就對了。有網友反倒樂觀，認為更要開心地活，因為所有的問題與困難，幾天後都會消失不見。在中正高工任教的李老師則邀親友21日晚間辦「末日惜別宴」，大啖火雞。（見2012/12/17聯合報新聞網，http://tw.news.yahoo.com/馬雅末日說倒數-10歲童暗泣-不想死-190300804.html）

末日商品廣告

《末日書包》

純生命製作，內置太陽一只

用左右手輪番壓住

可免除世界逃走之危機

男女適用，老少皆宜

《末日炸彈》

安裝於人類腦殼內

引信環繞著思想（例如瑪雅）

每種有不同爆炸日期

點燃後靈魂會從竅門逸出

《末日飛碟》

改良方舟之缺點

生存物質經過濃縮

精神力量只須CD乙片

可前往任何地方

（包括上帝的渡假別墅）

《末日跳蚤》

可24小時連續躍動

讓你心情駭到不行

感覺上像要死了

其實是將獲得一種

意想不到的新生命

《末日睡枕》

用於末日預期的前一晚

內置錄音機，能完整

記錄腦波的流動

並在事後計算出如何

在大海嘯中優游自在

《末日警鈴》

發現世界要逃走了

飛碟卻無法啟動

按鈴向上帝警示

可有效改變宇宙中本然

運轉和停止的日期

《末日聖經》

涵納古今中外各宗派

的末日說明書

有各種末日產品（含未上市）

的優缺點比較和因人而異的

使用建議

（以上商品請在議價後自由捐獻。）

新聞

中央大學天文研究所長高仲明等七位教授，為破解末日說迷思，七人各拍一段影片，促成七人「聯手出擊」，是因當時的代理校長劉振榮在多次聚會中，老是被與會人士追問「地球真的會突然毀滅嗎？」

高仲明表示，他們接受代理校長劉振榮的建議，七名學者各選定一個末日說的主題，製作三到五分鐘的影片。拍攝以教授直接口述內容為主，或是請助教幫忙繪畫解說，兩周就拍攝且後製完稿。

他認同台中科博館館長孫維新的看法，人們擔心地球被外星人或其他天象毀滅，還不如擔心人類自己惡整地球，破壞生態，人類自己毀滅自己的速度恐比地球以外的不確定因素更可怕。（見2012/12/18聯合新聞網）

退貨聲明

貴公司的末日系列產品，歷經

一番雲雨試練後發現有

不明瑕庇，比如

太陽逃出書包

而我們的

意象

出

軌

，

又

如

炸彈

帶來愚蠢

爆笑還有菸味

非但無可，觀自在

尚且迷姦了我們的靈魂

先知預言說，你們疏於品檢

貴公司保證準點到達的飛碟
每日一說不停變幻炫光
神昏昏欲睡，天使
竟淹沒於牌局
愛的方舟
遠在
千
里
，
外
如
枕頭
進入了夢
在境中同伴侶
背負異星人的教堂
睇向大海嘯，末日婚禮
警鈴說，產品已有墜樓危機

聖
經
呢
聖
經
激情的我們，一天撕去一頁
請
彌
重
新
書
寫

總之，末日產品已裂為兩半

誓言昨是今非，即使看來若合符節

已過了賞味期。

新聞

末日沒有來，備糧躲碉堡被笑蠢。（見2012/12/22 MSN，http://news.msn.com.tw/news2960699.aspx）

天使的露齒笑

一
童話

突然醒來的睡美人不明瞭自己的故事，
但見求婚的花兒堆滿前世今生，咧口
咯咯咯咯笑起來

我只得輕聲提醒，這是一些假花，而且
妳忘記了抿嘴笑。

二
布袋戲

大地復甦，歲末春初交尾之際。
他們談論一種莫名的聲音：

「嘻嘻，哪裡來」

「嘻嘻，在風雪中」

「嘻嘻，來自眠場的交戰」

「嘻嘻，藏匿於地底的黑暗」

「嘻嘻，不可見的抖動」

「哈麥兩齒，才是我最純真的嘻嘻」

撥開花叢的天使說。

「嘻嘻，來自布偶的童年」

三

露齒笑

憂鬱的人經常禱告說

這個世界如此之苦

難怪嬰兒爬出母胎就

號啕大哭

神動了惻隱之心

就讓他們笑嘻嘻地誕生

張眼即刻到達極樂世界

憂鬱的花兒卻掉淚了

她說／為什麼

只有你們能夠露齒笑？

四
拈花微笑

〈自以為靈巧的人類興奮地用新發明的無限倍望遠鏡直
視伊甸園〉

上帝覺得莫名，難道你們

要偷窺祖先的裸體？

天空大地頓時笑成一團

連冬眠的睡鼠也被吵醒了

然後人們開始談論說

你看滿天的花朵都笑容可掬

又何必那麼矜持

只是拈一朵微笑呢？

新聞

　　國外有一隻榛睡鼠感受到天氣的變化，知道冬季已經結束，獨自爬到蓍草花上，彷彿是為了迎接春天的到來，將眼睛瞇成一條線，張大了嘴巴，露齒而笑，還發出叫聲，愉悅的心情全寫在臉上。

　　這個可愛的畫面，被現年28歲的義大利攝影師Andrea Zampatti用鏡頭記錄下來，他是花了好幾天的時間進行拍攝，能等到這張令人會心一笑的照片，相當值得。（見2013/4/16 NOWnews.com、http://tw.news.yahoo.com/發生什麼事-榛睡鼠笑到不能自己）

新聞延伸閱讀

　　英國有1隻榛睡鼠在研究人員的手掌上呼呼大睡，不僅睡得四腳朝天，嘴巴還一開一合，好像在打呼似的，許多網友看到影片後，都不禁大喊「好可愛」。

　　此段影片是薩里野生動物信託基金會上傳的，哺乳動物類主任戴維·威廉姆斯（Dave Williams）表示，榛睡鼠有冬眠的習慣，趁夏、秋2季囤積脂肪，冬眠時期可消耗1/4的體重，且英國的榛睡鼠會花其壽命的3/4在休眠狀態（見2011/11/22 NOWnews.com，http://www.nownews.com/2011/11/22/11622-2759985.htm）

聖誕貓

聖誕節的門剛醒來

貓含了滿嘴禮物

走過小孩們的屋頂

一處丟一個喵

整天沒完沒了直到

聖誕節的門又睡著了

誰說　對於神的誕生

貓都沒感覺

新聞

湖南一位小學生了一篇百字作文，但「喵」字和「、」就占了69個字元，讓老師看了傻眼。（見2013/2/28 ETtoday，http://tw.news.yahoo.com/百字作文-喵-幾十下-湖南小學生險氣哭老師-061400499.html）

佛說阿羅剌多經

阿羅搖晃著滿腹經文
朝菩提樹下走來
拖著長長的影子掃過
來時路
佛已靜坐幾千年
從來不揚眉看他
一眼

回到蓮花池畔
阿羅模仿水上的鴨子
轉經輪
耳垂肩，肩垂手
指向西方
繞行萬千次，足音
悉悉索索日夜不停

佛不堪其擾曰

阿羅你來

遂令無量無明無盡光

穿透菩提樹葉，如刺

滿佈阿羅的

眼耳鼻舌身

意

如今阿羅只能自轉

分不出首尾

已無法用影子清掃

去時路

新聞

在國外有一隻鬥牛犬「貝拉」與同伴在住家附近的池畔玩耍，但此時卻有一隻豪豬出現，貝拉見狀在不知危險的情況下，向前靠近這隻「訪客」，沒想到竟遭到無情攻擊，「貝拉」被約500根的豪豬刺扎滿全身，幸好在獸醫師的搶救下，已無大礙。（見2012/8/7奇摩、NOWnews.com、華視新聞網http://news.cts.com.tw/cts/international/201208/201208031064217.html）

八方淨土俱樂部

（主旨）關於
研發鴨頭木魚打擊器
准為台端專利，惟應
速設祭壇以符神佛旨意
並祈諸天護佑，請查照

（說明）依據
八方諸佛公約聖示
凡人有難而發出尖銳
異於宇宙萬籟之舌音
如雞鴨獻祭哀怨沖天
必速速馳援

（辦法）擬訂
申請人犯太歲之年
核發正式執照，以符
消災解厄所需

領照之前三日務必
齋戒懺悔　持咒沐浴

南無　阿彌陀佛

新聞

某警員涉嫌侵占職務上警用90手槍等槍械，被檢方依違反貪污治罪條例提起公訴後，乾脆到戶政機關改名「阿彌陀佛」，地方警界議論紛紛。（見2013/1/14自由時報）

回家

小時侯爸爸拉著我看布袋戲的小手
回家吧，很暗了
現在我用Line噹噹街頭小孩的遊魂
回家吧，夜深了
每個人每條靈魂都要回家，上班上學聚餐看電影唱KTV
在街上抗議或者上戰場的最後都要回家。於是
同事拉著同事同學拉著同學朋友拉著朋友抗議者拉著抗
議者戰友拉著戰友
他們串連一條綿延不絕的地平線說
回家吧
記得小時侯我偷偷溜出去看布袋戲
媽媽總是小門未關讓爸爸和我回家
腳步像鬼一樣輕微的
回家

（2013父親節）

新聞

台南東山「吉貝耍」聚落，在鬼月裡有一個關鬼門的習俗「槙孔鏘」，由祭司率領村落裡的男人手持法器繞著村莊收「向魂」，提醒好兄弟們該回家了，過程中必須全程不語、腳步輕微，以免嚇到其他向魂，這項習俗延襲至今已有百年，西拉雅族的鬼月是歡愉的，可以歌舞婚慶，與漢族不一樣。（見2013/8/7中廣新聞網http://tw.news.yahoo.com/西拉雅鬼門開關-槙孔鏘-傳承百年-040018645.html）

【附錄】
詩的現實五重奏

蘇紹連

1、取材現實

詩人取材做為其創作的內容，是必備的日常功課。

巧婦難為無米之炊，有了材料，才能烹煮出一桌菜餚；詩人若無養成取材的習慣，蓄積腹中的墨水，恐怕屆時形成「江郎才盡」或「變不出新把戲」的窘態。

先說詩作的材料概況。材料是現實的，例如：生活環境、自然生態、人我關係、社會現象、民生經濟、政治議題、歷史文物⋯⋯等等可以親眼目睹的實體或是圖文記述的人事物資料，詩人將這些材料透過其語言文字，做具有詩意的表現。而詩意是抽象的，經由詩人個人的情感、感悟、理智等等感性或知性的意識，去把現實的材料轉化為詩。

　　或許，網路興起後的宅世代詩人太多是天才，可以不必從現實的事務及資料中取材，就能構思出作品的內容。不取現實的材，當然只有單純運用空中樓閣的虛擬和想像了。老是在虛擬和想像中琢磨的宅世代詩人，顯然與現實世界是脫鉤的，縱使他的現實人生與正常人無異，但他的詩創作卻是漂浮的、無根的。

　　有些宅世代詩人極力否認只會虛擬和想像的創作，但對於外在現實的材料仍棄之不顧，一天到晚擁抱浪漫、發洩情緒，專寫個人體內的呢呢喃喃，其文字像是鎖在封閉式的情感釀桶裡，潛伏著那些個人的情感酵素泡沫，無視於外在世界的變遷和激盪，完全一副與我不相干的姿態沉醉在他個人的鏡像裡，致使他的作品格調都是自戀的、自溺的。

　　這樣宅世代詩人及其作品，竟受北部某些媒體推波助瀾，在都會區的詩圈子和年輕讀者們之間形成熱潮，大受歡迎，宛如成為詩壇的主流及創作指標。

　　尤其像網路上浮濫的各個部落格或是臉書、微博，大量興起口水式的文字，噴灑著呢呢喃喃的心情告白詩，有的還相互進行感情上的「詩交」，你來我往，玩起打情罵俏的詩作唱和。這些所謂宅世代詩人，完全把詩創作當作個人情感遊戲的玩具，樂此不疲。這種情形，引起某些評

論家極度的噴飯、厭倦。

詩壇何其不幸，現今幾乎看不到大量的「面對現實，關注社會」的作品了，台灣人的「詩寫台灣經驗」本是天經地義的事，但新進詩人或宅世代詩人到底有幾位能對此體認，而進行著詩寫台灣經驗的詩創作？可說是微乎其微。

問題何在？民主時代，現實社會材料本是開放的、任由擷取的，而且世界日日的事件不斷，電視及網路新聞二十四小時連續播放、時時有新聞，這麼多可以讓詩人關注的現實議題，何以詩人沒有取之為創作材料？可見這不是找不到材料可寫的問題，而是詩人自身關注面狹隘的問題。當詩人不願為自己創作的房間開個門或開個窗，則心靈不走出去，世界便不會走進來。

因此，實有倡議詩人取材現實之必要，匯聚關注現實社會的創作能量，並鼓勵耽溺於自我的詩人打開門窗走出來，到外在的現實世界呼吸新鮮的空氣，用自己的心靈感知書寫個人對現實的感懷，或諷或喻，或敘或議，或實或虛，或夢或真，都可以盡自己的創作技巧發揮。

2、詩化現實

取材於新社會聞而寫的詩，可以稱作「新聞詩」或「社會詩」，是以當下發生的社會現實事件或經由記者報

導於媒體的新聞為依據，故而亦可視為「報導文學」的範疇類型。但是就詩人的寫作原則來看，詩就是詩，不必將詩歸類於報導文學的範疇裡，因為報導文學有一些規範與詩創作的原則是相悖逆的，詩的隱諱性、虛擬性、疏離性都不容於報導文學的彰顯性、真實性、關懷性的框架。這不是說詩不可以彰顯、真實和關懷，而是說詩有其之所以為詩的文類表現性質，它是無比的自由與多樣。詩中的現實，應該是詩人意識中所感所夢所能張羅編織的現實。

那麼，把詩的隱諱性、虛擬性、疏離性放入「新聞詩」裡，這樣還算有「新聞」嗎？假若新聞詩被寫成這樣：

（1）新聞的內容被隱諱不見，沒在詩裡公開。

（2）事件的真實被虛擬取代，不在詩裡呈現。

（3）大我的關懷被疏離於外，不在詩裡發熱。

是否會讓你感嘆：新聞不新聞了，哪裡是新聞詩？

若是有這樣的感嘆，必然是一個對詩沒有正確認識的人。談詩寫詩，都得回歸到詩的主體性，讓詩的語言主導一切材料，而非材料主導詩。詩的特色必須強過於材料的特色，此乃詩創作不變的準則。一首詩的精彩，往往在於詩本身語言的建構，不在於材料建構的內容。建構的方式是非常個人的，是以個人的美學觀及心靈的深度為基礎，透過語言文字的揉搓打造而完成。

　　一首好的以新聞為題材的詩，得把現實材料經過以下三道手續的處理：

（1）意識的轉化：意識即知覺判斷，當詩人接觸或面對材料時，得有能力反覆辯證，判斷材料的真實性，演繹出其意義性，考慮是否值得書寫，並和自己的心靈接軌。如此，才能進入下一道手續。

（2）心靈的內化：值得書寫的材料，不見得人人寫得出來，唯有材料和心靈接軌，放入心靈裡沉澱，與詩人心靈合一，變成詩人切身的感動，從自身醞釀出非寫不可的欲望。如此，才能進入下一道手續。

（3）語言的詩化：寫詩寫得好，盡在語言處理得好。當現實的材料經由意識的轉化和心靈的內化後，詩人開始進行文字的書寫，斟酌語言的意象、節奏和空隙，建構詩體的呈現形式，及至詩作的完成。能被認定為一首詩，無庸置疑，即在通過這道手續的蓋印。

　　經過這三道手續，原本現實的新聞材料，由於詩人個別的語言詩化的性質，很可能如前面所講的，出現隱諱性、虛擬性、疏離性的作品，乍看之下，與新聞無關，與現實無涉，但卻能比真實更逼真，擊中現實要害，震懾人心。

　　引商禽的詩〈木棉花／悼陳文成〉（印刻，《商禽詩全集》）為例，原詩如下

　　杜鵑花都已經悄無聲息的謝盡了，滿身楞刺、和傅鐘等高的木棉，正在暗夜裡盛開。說是有風吹嗎又未曾見草動，橫斜戳天的枝頭竟然跌下一朵，它不飄零，它帶著重量猛然著地，吧嗒一聲幾乎要令聞者為之呼痛！說不定是個墜樓人

　　　　　　　　　「一九八五年　台北」

　　我們從第三道手續倒回去看，形式上是散文詩，通篇語言採借喻和象徵的手法進行敘述，營造背景環境氣氛和墜落事件的意象，緊湊而扣人心弦，無一句不帶重量。商禽會這樣寫，當然這是在第二道手續由商禽心靈內化而成，他的感受化身為對木棉花的投射，「滿身楞刺」「和傅鐘等高」「橫斜戳天」「它不飄零，它帶著重量猛然著地」，這些描述不單是寫木棉，隱喻陳文成，亦是商禽心靈上塑造出來的陳文成意象。何以要塑造出這樣的意象呢？我們最後回到第一道手續來看，1981年7月3日陳屍台灣大學研究生圖書館旁的「陳文成事件」，商禽經過四年

才寫成詩作，可見他將此事件反覆咀嚼無數次，潛藏於意識長久的流轉中，從台大的校園景物找出「杜鵑花」「傅鐘」「木棉花」當作擬喻，勢必有一番辯證、琢磨與沉澱，演繹出其意義性後，才成為這一首詩的題材。

商禽擁有一雙關注現實的眼睛，對現實的敏感與處理現實題材的手法超乎眾多詩人之上，從這一首詩的嚴謹與力道，我們感受到現實詩作的震撼力是如此巨大。鼓吹「新聞詩」的書寫，即以此為目標，期望詩人勿與息息相關的現實生活擦身而過，能為現實世界寫詩是為留下歷史見證，也是為詩人自己留下他在現實世界的身影。

3、現實書寫

詩寫得好不好，無關乎題材取得好不好。但是，若有抉擇，只是在大我和小我之間的挪移，人類最易戀棧小我而以自己有限的私務寫詩，如此關在房間裡大家都會寫，每個世代都會有人寫，量大而普遍，不斷的重複也不斷的消耗；但對於書寫大我的現實世界往往不是那麼的自在自如，一來要走出房間進到現實現場體驗，二來要能保有感動且能從現場抽離，三來要運用資料得廣泛搜尋，書寫時則如履薄冰不得帶一絲絲誤導與踐踏。大我的書寫是難度

較高的，能往外在的現實靠攏一些些，才是詩人創作能力真正的焠煉考驗。

進入「現實書寫」的探討，首先要試釐清詩的「現實範圍」是什麼？是指一個能從內在的自我延伸到外在世界的空間，它像詩人的一個房間，房間內的現實是內在自我，房間外的現實是外在世界，這兩者將因有門窗而相連，不是相互阻隔而斷裂。有詩人將之斷裂了，因為這樣的詩人從來不開門窗，只寫內在的自我，詩中盡是私我的事務和想像；也有詩人走出房間就在外流浪，盡是複製現實世界的事務於詩中，從未回到房間裡用私我的情思在詩中溫潤現實和介入現實。

詩人要「現實書寫」，是必須打開門窗的，透過門窗看現實世界的景象和事務，甚至走出房間進入現實世界，體驗與收集寫作材料，再從現實世界回到房間內，以詩人的思想情感為主體去搓揉現實材料，以及用詩的語言、形式和技巧去完成作品。進入書寫的階段，則有兩種不同的書寫方式，即「無我現實書寫」和「有我現實書寫」。「無我現實書寫」提指書寫者不介入書寫的內容中，所以往往力求複製和臨摹現實，把現實的材料逼真地重現於作品裡，像影印機一樣複印出來，或像照相機即拍即得，縮小光圈對焦拍很深的景深，遠近都不模糊，為的是讓人們

看清楚書寫的現實現象是什麼，但文字書寫不是攝影即觀即得的藝術，作者進行的文字書寫是一種抽象符號的組織，需要經由閱讀者的思考慢慢還原或再創其作品意涵。另外，「無我現實書寫」大多發生於專制或保守的年代，往往受制於意識形態，被要求負載著「政治、教化、道德」等功能性意涵的內容，這樣的現實書寫讓作者只有抽離個人獨特的情意和想像成分，才不致於干擾到純粹的現實意義，目的是一切只為現實服務。

　　「有我現實書寫」是民主化開放式的書寫，作者不會被侷限於當一名旁觀者，而是可以把「我」介入現實之中，將任何屬於「我」的情感、思想、想像當作素材，與現實揉合，或加入非現實的東西，一起用「我」的美學觀念去構成詩作品。這樣的書寫方式，是「我」操控現實，而非為現實效勞。這時候的現實是沒有鎖的，是不在房間裡的，更是沒有畫圈圈的，而是無限的開放。這樣書寫出來的現實仍是本於客體的現實，但已由作者個人的視野和角度來取捨，也由個人的情感來渲染，或是由個人的想像能力來虛擬，或是借用典故和寓言來印證，甚或運用各種創作技巧加以扭曲變形和轉化，使得現實書寫的意涵豐饒無比。「有我現實書寫」注重文學技巧，更注重作者個人

的語言風格，故而往往在文學的審美價值上超過「無我現實書寫」。

　　回過頭來看以新聞事件為書寫題材的倡議，所期待的正是「有我現實書寫」，作者要將「我」介入新聞事件中，亦即詩中有「我」的情志融入，並有「我」的個性語言，而非一般的社會大眾語言。個性語言，即作者表達為詩的語言，是經過文學技巧處理過的語言，能夠表現出節奏性、音樂性、圖象性、意象性、暗示性、象徵性、譬喻性的語言，這樣才能有足夠的能量做為一首優質的詩作品，否則，現實題材雖能感動卻不深刻，只會成為一般報導性的公共說明或敘述，倒不如一張刺點強烈的紀實相片。

　　詩人取材於現實，不要認為新聞事件是既定的公共現實，就不能在詩中改變它、挪移它。現實也不是只有一個當下的層面，它的背後有許多不同時空的層面，詩人要用自己的視野不斷去發現；發現了現實，再從現實身上發現其他的現實。這樣層層展延的發現，會把現實的題材推進真正符合詩人可以介入的思維核心，讓詩人表現「我的現實」。「我的現實」是一種深層的內在現實，與作者的生命和生活同一個脈絡，也是最詩人內心真實的現實，它是一種內在的靈魂，不時與外在現實進行無止盡的對話。最好的新聞詩，就是能在這樣的對話上，形成現實與心靈交織的語言形式，

既含括現實新聞的顯影也允許心靈感觸的伏流，用心靈感觸的流動去改變外在現實、挪移外在現實，讓詩作完成之後，能與外在現實保持美感距離，卻與內在現實真情貼近，這樣的新聞詩才是「有我現實書寫」。

4、關懷現實

寫社會現實的詩，並非一定要講究是否為實質關懷批判的效能。詩創作，若是連帶奉上功利主義或載道大任或政治手腕，命令詩肩負現實社會的教化責任或像做善事一般的公益或像政治廣場批鬥，則詩的意義性和審美性不是被擴充，而是被窄化和萎縮化。但是這樣就不敢或不寫社會現實的事嗎？那反而是矯枉過正，相對的也是有很多的缺點。從現實社會取材，寫社會現實的詩，仍然是詩人創作的要事，不可遺棄。

有一個年輕的大學生詩人說：「我很少寫現實社會的詩，但我偶爾捐錢偶爾做公益，從不覺得我不寫社會就等於不關懷社會。」也有一個以新世代美少女自居的作家一直強調：「世代對待社會現實的管道，以前缺乏，現在用不完；現在的世代，寫作不是他們唯一的批判形式。」沒錯，批判也是關懷的一種方式，關懷現實社會不必一定用寫詩的方式，但就一個創作者的角度來看，這位大學生和

美少女作家把寫社會詩當作關懷社會現實的手段看待，而他們不屑為之，他們只要捐錢做公益或用非寫作的管道去發聲。「為之」或「不屑為之」是他們個人創作的自由取捨，可是他們把寫社會現實的詩和關懷社會現實的行為混為一談，就完全搞不清楚寫詩是一種「創作行為」，並非是一種「關懷行為」，和用其他管道關懷社會的行為（例如：捐錢、慰問、演講、投書、遊行……等）不一樣。今天，他捐錢做公益，不等於在寫詩，他演講遊行批判也不等於寫詩，捐錢和演講遊行是一般非詩人也可做到的事，拿來與寫詩相比，很不恰當；就算捐了錢做了公益或到處演講遊行，而他們的詩中若無社會現實，所表現的還是那種無關現實痛癢而自我哼呻的作品，依然令人感到蒼白而軟弱無力，作品的幅度及厚度仍然狹隘脆弱。

　　詩寫現實，非必是關懷現實社會的行為。比如說，你寫一位貧困的孤苦老婦人在街巷撿拾可當資源回收的丟棄物，有可能是藉著這樣的描寫引發你對母親的回憶，或想從這個老婦人形象中引發人類生命和生活的感嘆，這時，你並無實際關懷到這一位貧困的老婦人，更無實際對這一位老婦人有所助益，你能做到的只是創作、寫詩，留下她的形象或意象，也留下你的情感投射而已，與關懷仍有一段距離，關懷沒有行動也沒有到達關懷對象的身上，並不

算真正的關懷。所以詩人以現實寫詩，不能美其名為關懷的行為，充其量只是關懷的心和創作行為而已，除非，你把詩拿去大眾傳播媒體發表，當作一種呼籲，間接式的引發社會大眾的關懷行為。

那麼，詩人若真正要關懷現實，寫詩的確不如直接走入現實社會，換為社會運動的管道。反國光石化到彰化大城、濁水溪北岸的潮間泥地設廠，詩人吳晟除了寫詩還要以實際行動投入抗議運動，帶領藝文界人士於海岸溪口了解，以群體的陣勢對媒體發聲，才發揮了真正抗議和關懷的力量，若只是一般的寫寫詩，發表後難免被認為又是一篇詩人的情感發抒而已，或只是一篇在詩人小眾之間流傳的詩而已。但唯有直接走入現實社會，走上社會運動之途，這樣才是真正做到了介入和關懷。

所以，說詩要肩負改造社會、關懷社會的責任，未免患了「大頭妄想症」，詩對現實社會沒有那麼直接那麼厲害那麼偉大的功能。然而，詩人仍要把詩植根於現實生活，心裡擁抱現實，詩中揉合現實。生活即社會，社會即現實，現實即詩的內容。每個詩人離不開現實這個環節，要逃避或切斷即陷入自我的創作困境中。

5、現實詩例

　　會不會有詩人提到書寫現實社會，就皺起眉頭來，就像每天打開電視看到的新聞都是悲劇、慘劇和政治秀，而令原本想要親近現實社會的詩人感到厭棄不已？其實，詩的表現方式是可以讓現實改變，使其有不同的意味，首先以詩人王羅蜜多為例，他寫了不少的「新聞詩」，詩行之間總是風趣幽默，現實社會人生的舞台，亦可表現出浮世繪的風格，不必擔負什麼沉重和嚴肅的大主題。看看他這首〈坦蕩之書〉詩作，是寫什麼新聞事件。

　　　　脫掉隱喻，看見他的明喻
　　　　脫掉明喻，看見他的無喻
　　　　脫掉無喻，看見他就是他
　　　　棄除裝述，聽見他的直述
　　　　棄除直述，聽見他的不述
　　　　棄除不述，聽見他就是，
　　　　聽不見他的我們，最終給他
　　　　一個封面，一個盒子，一個
　　　　……

　　這首詩的新聞材料是說台南市有一名男子自六歲開

始終年一絲不掛，直到2011年6月往生入殮，壽衣竟成他五十四年來第一次穿的衣服。王羅蜜多抽離了具體事件的人物形物，只留下事件的現象：「脫掉」和「棄除」這些人類的行為，同時把行為的對象變成指涉文學話語的表現手法：「隱喻」「明喻」的有無和「表述」「直述」的有無，故而才符合「坦蕩之書」這樣的詩題。詩作的內容超越了原本新聞事件，讓事件呈現另一種王羅蜜多自己心靈中的現實意涵，一個不穿衣男子往生的新聞，最後是給他「一個封面，一個盒子」，就如同詩題「坦蕩之書」，全成為這個男子的一種隱喻。

善於書寫社會現象的詩人蘇善，亦精通台語書寫，台語不見得只寫台灣社會事，連世界各國新聞、科技、網路等事件都收納在她的台語書寫中，就像她這首〈人面冊〉新聞詩，用了兩個毫不相干的新聞事件，組成了一首詩：

人面無闊，真心有一寡
讚啦，阮用單指走天涯
讚啦，汝的憂愁願意講予眾人聽

啊，在世可比冊成塔
一本記好事一本寫孤單
一本講理智一本憨慢半註定

世界擠入一間若真若假的冊局，相伴日夜

恐驚現身時，嚇死天頂展翅的鳥隻

　　只因兩個事件都有提到臉（人面），一為2011年6月屏東縣來義高中學生打破以往美美自畫像改畫「醜臉」，一為全球最大社群網站「臉書」（Facebook）的熱潮於6月中似乎出現退燒，這樣的事件如何相關、如何觸動蘇善的詩想、如何轉化為蘇善心靈中現實的圖像？蘇善把這兩種臉都歸納於「人臉」，但在台語用的「人面」之義卻非簡單地指人的臉，而是指人的知名度、社交層面，代表一個人的影響場域。蘇善用這樣的思索把兩個事件諧擬，「臉書」眾人看，按「讚」真不真心，學生畫臉，美臉醜臉「憨慢半註定」，不如畫醜自己愛；從這樣的諧擬中比較，臉書的「人面」要闊，才有許多「讚」，學生畫的醜臉，其「人面」本就窄，醜亦何妨。這樣的「若真若假的冊局」，人比人氣死人，臉比臉呢？是否會因相比較而有得失心？幸好蘇善給予驚人的警惕：「恐驚現身時，嚇死天頂展翅的鳥隻」為詩的結束，改由讀者好好去思索了。

　　現實社會裡的事件往往是小說最好的素材來源，小說家是以拓枝展葉的蔓延方式來處理現實事件的素材，而

詩人則是修枝剪葉式的只留下要表現的重點，將太多說明
性的敘述刪除，以便讓詩有想像的空間，發揮詩的質地特
色，故而在詩語言上力求濃縮精簡，意象上建立於現實而
不明喻現實。詩人橺曦善於濃縮語言和營造意象，寫新聞
詩亦寫得意象精緻而美妙，若說要求詩意盎然者，橺曦是
為第一人選。例如他寫的〈丘與壑〉這首詩：

　　我無法在她肩膀下

　　賴以維生的梯田上

　　追逐一群失控的公牛

　　牠們有跡可尋

　　腳印倏地　筆直踩進不經意的視線

　　在尖峰時刻

　　就此

　　打住

　　　就詩的字面表層來說，是寫「我」無法追逐一群失
控的公牛，雖然有跡可尋，但「我」的視線卻被「尖峰時
刻」阻擋而打住，無法再追逐公牛。那麼，這樣的「追
逐」是表達了什麼含意？現在把橺曦所取的新聞材料放進
來一起看，就會恍然大悟，2011年3月新聞媒體報導：媒

體經常以「事業線」來形容女性乳溝，事業線儼然成為最夯的流行語，名嘴、藝人更朗朗上口毫不避諱。原來詩題「丘與壑」已直接隱喻女人乳房和乳溝，乳溝象徵著事業線，女人為了能在事業上的發展騰達，所就有擠乳溝、露乳溝的行為。由此來看這首詩，「賴以維生的梯田」是女人胸部的隱喻，「失控的公牛」則為男人心思的具象隱喻，「我」（男人）的目光在女人的胸部亂闖，雖然想把像「失控的公牛」的心追回來，但最後現實的目光還是停駐在乳房的「尖峰」上。詩的意涵已相當明顯，「事業線」是帶來事業的騰達，還是帶來情色的引誘？從詩中的隱喻及生動的意象裡，我們讀到這是一體兩面的事。

　　最後再舉一首白靈的詩為例，這首詩發表於2011年9月6日的聯合報副刊上，詩題〈念之流浪——擬1949年澎湖713事件流亡學生被投海前的瓶中詩〉，取材的是舊新聞，距今已是二十二年前的事件，詩作如下：

　　瓶子的命運屬於瓶子還是海？
　　聽過一海之怒吼後的一首詩還是詩嗎？

　　瓶內與詩共存的，是我最終一口氣
　　而瓶子是我，是念，是地球，茫茫大海是宇宙

打開要小心，那是腦殼下點點點
臨去殘存的一個如火之影

幾億瓶中的一瓶
僥倖亮在你十指間的
母親，就印上你生之唇印吧

　　白靈的詩註說：「此詩內容指向1949年發生於澎湖的悲劇『七一三事件』，由山東輾轉到達該島的八千多名流亡學生，在機槍環伺下，有五千多名被迫入伍當兵，三百多名失蹤，或說多遭投海。」「此詩即以其中一人遭棄前所寫遺作名義紀念之。」從詩的附題和附註上，很明顯的表示這是白靈擬寫事件中某一人物的詩，亦即是，作者化身為當年事件中的一位學生，書寫他被投海的心情、遺言。這樣寫作方法，可以稱為「角色扮演」，作者必得有同理心，能夠設身處地，好像如臨現場，或如當事人走到眼前，活生生的展現事件中的情境。書寫當事人的心聲，直接穿透，感染力大，不必透過其他的轉換方式就能達到目的。但詩人的角色扮演不一定只是模擬當年情境的再現，詩人以事件中的人物話語發聲時，同時把話語發展為

詩的形式，接受詩的虛擬與變造，這樣的情境其實已是詩人心靈上自行建構的情境，而非當年事件情境的再現了。

　　從以上四則詩例，不難發現，書寫現實詩絕非在詩中複製現實，而是在詩中另創現實，這種另創的現實是詩人內心所發展出來的想望，雖然其根源仍是來自於有憑有據的社會現實，但想望出來的現實卻更能指向詩意，否則就不必用詩的語言和形式來書寫現實了。怎樣書寫，就靠詩人各自的詩藝才學做不同的表現，而現實材料永遠是詩創作內容的最大宗，層面廣而豐富，詩人打開自己房間的門窗並不困難，把自己的情感和想像帶到窗外的世界、走入門外的現實，詩創作上勢必另有一番寬闊的氣象。

【後記】

　　《颱風意識流》是我幾年來持續書寫兩百多首新聞詩的選集，作品大部分發表於吹鼓吹詩論壇新聞詩版。此次選錄了76首作品。

　　封面圖象為本人2008年油畫創作〈風蕭蕭‧意飄飄〉。

　　內頁穿插水墨畫，係本人2012年元氣系列作品。

吹鼓吹詩人叢書24　PG1228

颱風意識流
——王羅蜜多新聞詩集

作　　者 / 王羅蜜多
責任編輯 / 劉　璞
圖文排版 / 高玉菁
封面設計 / 古淂貝、蔡瑋筠

發 行 人 / 宋政坤
法律顧問 / 毛國樑　律師
出版發行 / 秀威資訊科技股份有限公司
　　　　　114台北市內湖區瑞光路76巷65號1樓
　　　　　電話：+886-2-2796-3638　傳真：+886-2-2796-1377
　　　　　http://www.showwe.com.tw
劃撥帳號 / 19563868　戶名：秀威資訊科技股份有限公司
　　　　　讀者服務信箱：service@showwe.com.tw
展售門市 / 國家書店（松江門市）
　　　　　104台北市中山區松江路209號1樓
　　　　　電話：+886-2-2518-0207　傳真：+886-2-2518-0778
網路訂購 / 秀威網路書店：http://www.bodbooks.com.tw
　　　　　國家網路書店：http://www.govbooks.com.tw

2014年11月　BOD一版
定價：250元
版權所有　翻印必究
本書如有缺頁、破損或裝訂錯誤，請寄回更換

國家圖書館出版品預行編目

颱風意識流：王羅蜜多新聞詩集 / 王羅蜜多著. -- 一版. --- 臺北市：秀威資訊科技, 2014.11
　　面；　公分. -- (吹鼓吹詩人叢書 ; PG1228)
BOD版
ISBN 978-986-326-294-7 (平裝)

851.486　　　　　　　　　　　　　　103019106

讀者回函卡

感謝您購買本書，為提升服務品質，請填妥以下資料，將讀者回函卡直接寄回或傳真本公司，收到您的寶貴意見後，我們會收藏記錄及檢討，謝謝！如您需要了解本公司最新出版書目、購書優惠或企劃活動，歡迎您上網查詢或下載相關資料：http:// www.showwe.com.tw

您購買的書名：_____

出生日期：_____年_____月_____日

學歷：□高中 (含) 以下　　□大專　　□研究所 (含) 以上

職業：□製造業　□金融業　□資訊業　□軍警　□傳播業　□自由業
　　　□服務業　□公務員　□教職　　□學生　□家管　　□其它_____

購書地點：□網路書店　□實體書店　□書展　□郵購　□贈閱　□其他

您從何得知本書的消息？

　□網路書店　□實體書店　□網路搜尋　□電子報　□書訊　□雜誌

　□傳播媒體　□親友推薦　□網站推薦　□部落格　□其他_____

您對本書的評價：(請填代號　1.非常滿意　2.滿意　3.尚可　4.再改進)

　封面設計____　版面編排____　內容____　文／譯筆____　價格____

讀完書後您覺得：

　□很有收穫　□有收穫　□收穫不多　□沒收穫

對我們的建議：_____

_____

_____

_____

11466
台北市內湖區瑞光路 76 巷 65 號 1 樓

秀威資訊科技股份有限公司　　　收

BOD 數位出版事業部

‥‥‥‥‥‥‥‥‥‥‥‥‥‥‥‥‥‥‥‥‥‥‥‥‥‥‥‥‥‥‥‥‥‥

（請沿線對折寄回，謝謝！）

姓　　名：＿＿＿＿＿＿＿＿＿　年齡：＿＿＿　性別：□女　□男

郵遞區號：□□□□□

地　　址：＿＿＿＿＿＿＿＿＿＿＿＿＿＿＿＿＿＿＿＿＿＿＿＿＿

聯絡電話：(日) ＿＿＿＿＿＿＿＿＿＿ (夜) ＿＿＿＿＿＿＿＿＿＿

E-mail：＿＿＿＿＿＿＿＿＿＿＿＿＿＿＿＿＿＿＿＿＿＿＿